「フリル付きワンピースで起こる戦争など無いッ!」
「……」
蒼穹《そうきゅう》のカルマ1

「あのぉカルマ様……
私、マントの下はローブなんですけど、
ええと、下から見ると、その……」
アステナが恥ずかしそうに声を出す。

「問題ない。
よほど動体視力の
優れた人間が下に
いない限りはな」
駆真はそう言って、
天駆機関を〈翔《ソア》〉駆動させる。

「あ、在紗ッッ！」
至福、陶酔、恍惚……
端的に言えば——そう、
夢のようだ。

蒼穹のカルマ 1

橘　公司

ファンタジア文庫

1514

口絵・本文イラスト　森沢晴行

蒼穹《そうきゅう》のカルマ 1

Contents

Case-00

『鷹崎駆真《たかさきかるま》を笑わせた者には賞金二万苑《えん》』

そんな冗談《じょうだん》を含《ふく》んだ内容《ないよう》の文書が、蒼穹園騎士団《そうきゅうえんきしだん》の騎士たちの間に出回ったのは、およそ一か月前のことだった。

まるで昔話に出てくる笑わないお姫様《ひめさま》のような調子である。王さまはおふれをだしました。わが姫を笑わせた者には、一生かかっても使い切れない宝物《たからもの》を与《あた》えよう——

もちろん、そんなものは過《す》ぎた悪ふざけである。犯人《はんにん》は未《いま》だ判明《はんめい》していないものの、捕《つか》まれば厳重《げんじゅう》注意を受けるであろうことは想像《そうぞう》に難《かた》くない。

しかし文書を発見した将校《しょうこう》も、その昔話を知っていたのだろう。これは洒落《しゃれ》がきいていると額《ひたい》を覆《おお》って苦笑《くしょう》したという。

それほどまでに、彼女——駆真の鉄仮面《てっかめん》は有名だったのである。

だが――

◇

「畜生《ちくしよう》……畜生、畜生――ッ！」

唇《くちびる》から漏《も》れ出る稚拙《ちせつ》な呪《のろ》いを空に溶《と》け込《こ》ませ、その騎士は焦燥《しようそう》に染《そ》まった顔をさらに歪《ゆが》めた。どうにか退路《たいろ》を探《さぐ》るべく、ゴーグル越《ご》しの狭《せま》い視界《しかい》の中で眼球《がんきゆう》を巡《めぐ》らせる。

蒼穹園上空、高度二千メートル。そこにあるのは、抜《ぬ》けるような青さを誇《ほこ》る空と、絨毯《じゆうたん》のように敷《し》き詰《つ》められた層積雲《そうせきうん》くらいのものだった。遥《はる》か彼方《かなた》に、微《かす》かに丸みを帯びた地平や、標高の高い山々が顔を覗《のぞ》かせ、わずかながら景色を飾《かざ》ってはいるものの、それ以外には何も見受けられぬ空間である。

――もっとも、例外的に不純物《ふじゆんぶつ》を挙げるとするならば、無数の獣《けもの》の姿《すがた》と空気を震《ふる》わす咆《ほう》吼《こう》、そしてそれに囲まれた人間の恐怖《きようふ》を加えることが可能《かのう》であったのだけれど。

「――畜生――ッ！」

一体幾度《いくど》その言葉を発したろう。幾度奥歯《おくば》を噛《か》みしめたろう。喉《のど》は渇《かわ》き唇は荒《あ》れ、とうに声は嗄《か》れている。

しかし、彼はそれを中断《ちゆうだん》できなかった。言葉の意味など重要ではない。別に気の利《き》いた冗句《じょうく》でも、恋人《こいびと》に語らうような優《やさ》しい愛の言葉であっても構《かま》わない。だが、声を絶《た》やすのは駄目《だめ》だ。絶対《ぜったい》に、駄目だ。もしそれを止めたなら、きっとその瞬間《しゅんかん》に自分の心は容易《たやす》く絶望に喰《く》われてしまうと、彼は何の根拠《こんきょ》もなく確信《かくしん》していた。

『落ち着け！　落ち着くんだッ！』

耳元のインカムから小隊長の叫《さけ》びが聞こえてくるが、その上擦《うわず》った声に説得力などあろうはずもない。結局は小隊長も彼と同じなのだ。自《みずか》らの唱《とな》えている言葉を理解《りかい》しているのかどうかさえ怪《あや》しいものである。

しかしそんな彼らの最後の虚勢《きょせい》も、一際《ひときわ》大きな轟声《ごうせい》に容易く掻《か》き消された。

「――――っ」

咆吼に気圧《けお》され、彼の言葉が途切《とぎ》れてしまう。

瞬間――目の前を飛び回る、羽根の生えた四足獣のような生物の姿が、一層鮮明《いっそうせんめい》に彼の目に映《うつ》り込んできた。

体長は個体《こたい》にもよるが、平均《へいきん》すれば尾《お》までを入れて十メートルほどだろう。毛も鱗《うろこ》もない、岩のように硬質化《こうしつか》した皮膚《ひふ》で全身を覆われている。敵意《てきい》を剝《む》き出しにした吼《ほ》え声は雷《らい》霆《てい》の如《ごと》く大気を震わせ、辺りに自らの存在《そんざい》を知らしめているかのようだった。

大地に嫌《きら》われた怪物《かいぶつ》――空獣《エア》。

鋭利《えいり》な爪《つめ》を、強靭《きょうじん》な筋力《きんりょく》を、堅牢《けんろう》な皮膚を持ち、ヒトすらもその牙《きば》にかけんとする空の支配者《しはいしゃ》である。

彼は全身を緊張《きんちょう》させながら頭中に後悔《こうかい》を巡らせた。ああ、もし今朝体調が悪いといって寝込《ねこ》んでいれば。もし事前に休暇《きゅうか》を申請《しんせい》していれば。もし——騎士になどなっていなければ。

彼にとってはこれが初めての実戦であった。

とはいえ、そう難《むずか》しくない仕事のはずだったのだ。確認《かくにん》された空獣《エア》群《ぐん》の規模《きぼ》は小隊クラスであったし、構成《こうせい》は最も小型のハーピー級のみ。訓練の延長線上《えんちょうせんじょう》にある任務《にんむ》であったと言ってもいい。事実さしたる負傷者《ふしょうしゃ》も出さずに、その群《む》れの掃討《そうとう》は完了《かんりょう》した。

だがその直後、中型種であるグリフォン級の空獣《エア》が、上空から大挙して押《お》し寄《よ》せてきたのである。

その結果が今の状況《じょうきょう》であった。

残った騎士の数は六名。元の数の半分程度《ていど》である。皆《みな》大型バイクのような形をした天駆《てんく》機関《きかん》に跨《また》がり、周囲に群《むら》がる空獣《エア》たちに油断《ゆだん》無く視線と銃口《じゅうこう》を向けているのだが、ほとんどの者が既《すで》に弾《たま》を撃《う》ち尽《つ》くしていた。一体の空獣《エア》が気まぐれを起こせば、途端《とたん》瓦解《がかい》してしまうような危《あや》うい緊張状態《じょうたいい》である。

と、そんな危機《きき》的状況を察してでもいたのだろうか、突然《とつぜん》、一体のグリフォン級空獣《エア》が大きく羽根を羽ばたかせ、騎士《きし》たち目がけて飛翔《ひしょう》してきた。

『う……ッ、わぁぁぁぁッ！』

誰《だれ》かの悲鳴とともに連続した銃声が聞こえ――すぐに止《や》む。恐《おそ》らく、弾切れ。未だ顕在《けんざい》のグリフォン級は怒《いか》りにも似《に》た咆吼を上げ、彼らの目の前まで迫《せま》り来た。

「――――ッ！」

全身の筋肉《きんにく》が緊張し、呼吸《こきゅう》すら止まる。渇ききった喉に走る痛《いた》みが、いやに鮮明に脳《のう》に届《とど》いた。心臓《しんぞう》は早鐘《はやがね》。血液《けつえき》は急流。己《おのれ》を構成する全《すべ》ての要素《ようそ》が確信している。――死とはこういうものだ、と。

だがその全身の総意《そうい》の中、何故《なぜ》か眼球だけが異《い》を唱えた。

彼の目は、遥か上空からグリフォン級の頭部に向かって引かれた、一本の線を見ていたのである。

「――え……？」

間の抜けた声は、痺《しび》れる喉から発せられていた。

――一瞬。まさに刹那《せつな》の間の出来事。

気が付くと、目前まで迫っていた空獣《エア》は、頭蓋《ずがい》を砕《くだ》かれ脳漿《のうしょう》と血液を玉のように散らしながら空中に浮《う》いていた。

「――」

唾液《だえき》を飲み込む。

彼は一瞬、空獣《エア》と自分の間を高速で過《よぎ》る、何者かの影《かげ》を認《みと》めていたのである。僅《わず》かな時間のため詳《くわ》しく見取れてはいない。しかしそのシルエットは明らかに空獣《エア》のそれよりも小さく――人の形をしているように見えた。

「今のは……」

『おい――ッ、見ろ！』

惚《ほう》けたような呟《つぶや》きは、空獣《エア》の咆吼と、インカムを通して鼓膜《こまく》を震わす仲間の声に掻き消された。今の今まで絶望の色に染《そ》まっていた声音《こわね》が、一転して興奮《こうふん》を帯びたものになっている。

彼は弾《はじ》かれるように顔を上げた。

そしてその目に見た。彼ら小隊を取り囲んでいた空獣《エア》群のあちこちに咲《さ》いた赤い花を。

決して地に還《かえ》ることのない空獣《エア》の血と肉片《にくへん》で構成された醜悪《しゅうあく》な花弁《かべん》を。

――今の彼らにとって、何ものにも代え難《がた》い祝花であるそれを。

「これは――」

『応援《おうえん》だよ！　ようやく応援が来たんだ！』

そんな同僚《どうりょう》の弾《はず》んだ声とともに、彼の視界《しかい》の端《はし》に、四つの騎影《きえい》が現《あらわ》れる。それらは綺麗《きれい》に弧《こ》を描《えが》きながら空獣《エア》群に触《ふ》れたかと思うと、またその場に空獣《エア》の血を散らしていった。

空獣《エア》たちもようやく新たな敵《てき》の存在に気づいたようだ。すぐさまこちらに向けていた顔を外側に逸《そ》らし、憤怒《ふんぬ》じみた吼え声を上げる。

空獣《エア》の注意が外れたことで、周囲の同僚たちの安堵《あんど》や歓喜《かんき》が吐息《といき》と声に変化して聞こえてきた。無理もない。数秒前まで毛ほどの間違《まちが》いで死が訪《おとず》れるような緊張状態に晒《さら》されていたのだ。それが普通《ふつう》の反応《はんのう》だろう。

「…………」

しかし彼は、息を吐《は》くことすら忘《わす》れ、辺りに視線を放《はな》っていた。

雲を眼下《がんか》に据《す》える蒼穹《そうきゅう》で、空獣《エア》と騎士とが飛び交《か》っている。彼は目を細め、先刻《せんこく》自分の窮地《きゅうち》を救った騎士の影を探《さぐ》った。

確認出来る影は四。しかし――違う。そのいずれも、彼が見た騎士ではなかった。彼は左に右に首を振《ふ》り――

「――ッ」

視線を上方に傾《かたむ》けた瞬間《しゅんかん》、空獣《エア》の隙間《すきま》を縫《ぬ》うようにして引かれる、一本の線を目《ま》の当《あ》たりにした。

「あれは──」

それは、まさに先刻の騎影である。彼の位置からでは子細《しさい》は知れないが、異常《いじょう》とも言える飛空速度と複雑《ふくざつ》な軌道《きどう》だけは見て取れた。

他《ほか》の天駆機関とは比《くら》べものにならない。身体《からだ》を深く前傾《ぜんけい》させ、まるで高速で海を行く鮫《さめ》の如《ごと》く空を泳ぐ。その影は道すがら目に付く空獣《エア》の頭を的確《てきかく》に踏《ふ》み抜《ぬ》き、打ち払《はら》い、あるいは粉砕《ふんさい》し、空の青を幾《いく》つもの赤い水玉模様《もよう》で飾《かざ》っていった。

それ以外の騎士も順調に空獣《エア》を打ち倒《たお》していくのだが、その殲滅《せんめつ》速度に敵《かな》う者は一人もいない。敵あらば討《う》ち、無くば探《さが》す。一つの敵を砕いたのなら、すぐさま次なる獲物《えもの》に向かっていく。

「……凄《すげ》え」

呆然《ぼうぜん》とした感で、ただただその舞踏《ぶとう》を眺《なが》める。

特筆すべき点は幾つもあった。天駆機関をああも巧《たく》みに操《あやつ》る技術《ぎじゅつ》は素晴《すば》らしいの一言であるし、空獣《エア》の動きを瞬時に見切る能力《のうりょく》も群《ぐん》を抜いている。それに、一撃《いちげき》で空獣《エア》の頭蓋を砕く脚蹴《きゃくしゅう》は、よほど遠心力や位置エネルギーを身体が感覚として覚えていなければ不可能《ふかのう》であろう。

しかし彼の脳に最も強烈《きょうれつ》な印象を残したのは、それらの材料ではなかった。

「…………」

息を呑《の》む。

その飛空は、ただ単純《たんじゅん》に、美しかったのである。

何の誇張《こちょう》も冗談《じょうだん》もなしに、それが戦場であることを一瞬の間忘れてしまいそうになるほど、彼《か》の騎士《きし》の存在《そんざい》は圧倒的《あっとう》だった。

個々人《ここじん》を見ても一級の腕《うで》を持っているであろう隊員たちが、あれほど恐ろしかった空獣《エア》群が、その騎士の前ではまとめて脇役《わきやく》に霞《かす》む。

もはや騎士は完全にその場を支配《しはい》していた。今ここで敗北することなど有り得ない——そんな根拠《こんきょ》のない確信。彼らは、結末を知っている舞台を観《み》る観客のようなものであった。先がどうなるか分からないという緊張《きんちょう》感はなく、ただ演目《えんもく》の様式美を楽しむ。そんな贅沢《ぜいたく》な嗜《たしな》みだ。

叶《かな》うのならばこの舞踏を少しでも長く。つい先刻まで冥界《めいかい》の入り口まで見ていたはずの目は、そんな子供《こども》のような我《わ》が儘《まま》を訴《うった》え始めた。

しかし——やがて舞台は終幕《しゅうまく》を迎《むか》える。

この空域《くういき》に響《ひび》いていた獣《けもの》の咆吼《ほうこう》が完全に、消えた。

一瞬遅《いっしゅんおく》れて次に響いたのは歓声《かんせい》だった。奇跡《きせき》的な生還《せいかん》を涙《なみだ》とともに喜ぶ歓喜の音。しかし彼にはそれが、一人の騎士に向けられた賞賛《しょうさん》に聞こえてならなかった。

そんな彼の想像《そうぞう》など知るはずもなく、五つの騎影が、空獣《エア》の死骸《しがい》の合間を縫いながら彼らのもとに近づいてくる。

「――え？」

そしてその騎士たちの姿《すがた》がはっきりと確認《かくにん》出来た瞬間――彼は素《す》っ頓狂《とんきょう》な声を上げた。

そのうちの一人――終始彼の目を奪《うば》っていた最速の騎士の姿が、可憐《かれん》な少女にしか見えなかったのである。

嗚呼《ああ》、それは天使か、魔女《まじょ》か。

彼は惚《ほう》けた意識《いしき》に喝《かつ》を入れ、首を振った。果たして彼女を、己《おのれ》と同じ人間という範疇《はんちゅう》に置いて良いものなのか――彼の頭はそんなくだらないことを考えてしまっていたのだ。

しかしその非《ひ》を責《せ》める者も居《い》るまい。何故《なぜ》なら今この場にいる騎士たちは皆《みな》、彼と同じように、あるいは輪をかけて壮絶《そうぜつ》に、その少女に意識を奪われていたからだ。

風に流れる髪《かみ》は漆黒《しっこく》。その間《はざま》から微《かす》かに覗《のぞ》く面《おもて》は白磁《はくじ》。およそ騎士に備《そな》わるべきものとは思えぬ優美《ゆうび》な記号は、華奢《きゃしゃ》な体躯《たいく》と相まって彼女を深窓《しんそう》の令嬢《れいじょう》のようにすら見せた。

しかし今少女がその身に帯びるはレースに飾られたドレスではなく、空獣《エア》の血と埃《ほこり》に汚《よご》れ、所々に解《ほつ》れの出来た紫紺《しこん》の空戦衣《くうせんい》であった。加え、その細枝《ほそえだ》の如き両手足を、鈍色《にびいろ》の輝《かがや》きを放つ無骨《ぶこつ》なシルエットで覆《おお》い隠《かく》している。

空を舞《ま》う鎧《よろい》——甲冑型天駆機関《かっちゅうがたてんくきかん》である。空獣《エア》の骨《ほね》を芯《しん》とし、外殻《がいかく》を金属《きんぞく》で固められたそれは、彼女の儚《はかな》げな容姿《ようし》に兵《つわもの》の風格《ふうかく》を備える戦士の形だった。

唇《くちびる》を噛《か》む。驚愕《きょうがく》のあとに押し寄《よ》せたのは羞恥《しゅうち》であった。年端《としは》もいかぬ少女に助けられたのだという事実と、何よりその少女の力に圧倒《あっとう》されてしまった自分への悔恨《かいこん》が脳《のう》の中を駆《か》け回る。

しかしそのような感覚も、彼女の名を思い出した瞬間、一瞬で掻《か》き消えた。

「鷹崎……少尉《しょうい》」

彼の声に反応《はんのう》するように、少女が軽く振《ふ》り向く。どこか幼《おさな》ささえ残る顔立ちを、樹脂製《じゅしせい》のゴーグルと、戦場に在《あ》りながら何の興奮《こうふん》も恐怖《きょうふ》も滲《にじ》ませない無味な表情《ひょうじょう》が彩《いろど》っていた。

鷹崎駆真。その少女の名を知らぬ者は、今この場にいなかった。齢《よわい》十七にして蒼穹園騎《き》士団屈指《しだんくっし》の実力者と謳《うた》われる若《わか》き天才。決して笑わず、決して泣かず、決して怒《おこ》らず……そして、決して狼狽《うろた》えることのない無貌《むぼう》の女。

放心する彼を、ゴーグル越《ご》しに血色《ちいろ》の目が舐《な》める。

『無事か』

老人のような落ち着きを有したその少女は、さしたる感慨《かんがい》もなさそうにそう言った。

「は……はいッ」

と――彼の返事とほぼ同時に、死骸《しがい》の山の中から空獣《エア》が一体、駆真に向かって躍《おど》り出る。

『――』

しかし駆真は特に動揺《どうよう》も見せずに身体《からだ》をひねると、膝《ひざ》より下を覆う天駆機関の踵《かかと》で獣の頭を蹴《け》り砕《くだ》いた。硬《かた》い皮膚《ひふ》と頭蓋《ずがい》に包まれた内容物《ないようぶつ》が空に散り、対象の完全なる絶命を示《しめ》す。

駆真が再《ふたた》び浮遊《ふゆう》する死骸の山に目を向けた。その顔には、やはり何の表情も生まれていない。

彼女も、蒼穹園の空を護《まも》る騎士である。空獣《エア》の脅威《きょうい》は誰よりも熟知《じゅくち》しているはずだった。その鋭《するど》い爪《つめ》に裂《さ》かれれば、牙《きば》に貫《つらぬ》かれれば、脆弱《ぜいじゃく》な人間は生に執着《しゅうちゃく》することすら出来はしない。どんなに熟練した騎士であろうとも、直接空獣《ちょくせつエア》と対峙《たいじ》するときは微かな緊張を滲ませるものだ。

だが彼女には、それすらも見受けられなかった。頬《ほお》にはねた返り血を金属製《きんぞくせい》のグローブが装着《そうちゃく》された手で拭《ぬぐ》いながら、無機的な口調で言う。

『討《う》ち漏《も》らしがあったぞ、三谷原《みやはら》』

『ああ、悪《わり》ィ』

後方に控《ひか》えた騎士と短く言葉を交《か》わすだけで、彼女はその奇襲《きしゅう》の処理《しょり》を終えた。

「…………はは」

彼は一月《ひとつき》ほど前、新兵たちの間に流れた文書のことを思い出した。——彼女の鉄仮面《かめん》に罅《ひび》を入れたならば二万苑《えん》。嗚呼、それはまさに鬼《おに》も泣くような難題《なんだい》だ。曰《いわ》く、どんな喜劇《きげき》にも笑わず、どんな悲劇にも泣かぬ女。鷹崎駆真が微塵《みじん》でも焦《あせ》るような事態《じたい》が発生したのなら、それは国の危機《きき》と思って対処《たいしょ》にあたれ。そんな馬鹿《ばか》げた言葉が冗談《じょうだん》に聞こえぬほどに、彼女の落ち着きようは異常《いじょう》だった。

『任務完了《にんむかんりょう》だ』

駆真は一通り辺りを見回して宙《ちゅう》に浮《う》いたままの空獣《エア》の死骸を確認すると、インカムに向かって、やはり何の達成感も感じさせない声音《こわね》で作戦の終了を告げる。

『……っ！　た、鷹崎少尉……！』

震える声音は、先刻《せんこく》まで甲高《かんだか》い声を上げていた小隊長のものだった。駆真は急《せ》くでもなく煩《わずら》わしげにするでもなく……つまりは今までと何ら変わらぬ調子で振り向くと、用件《ようけん》を問うように小さく首を傾《かし》げた。

『た、助かったよ。礼を言わせてくれ』

『お気になさらず。任務ですので』

彼はそんな会話を苦笑《くしょう》しながら聞いた。恐《おそ》らく他《ほか》のメンバーも同じだろう。あまりにもらしい返答である。

駆真はそんな彼らの思考になど気づいていない様子で振り向くと、自分の部下たちに指《し》示《じ》を出していった。

『三谷原、錐本《きりもと》、鎧塚《よろいづか》は空獣《エア》の死骸《しがい》の回収《かいしゅう》に回れ。鉤野《かぎの》は――』

と。

『――ん？』

駆真は言葉を切ったかと思うと、腰元《こしもと》のポーチを探《さぐ》り始めた。どうやら携帯《けいたい》電話が鳴ったらしい。騎士同士の会話であればインカムで事足りるので、私的《してき》な用件であることは知れた。いや、わざわざ任務中に電源《でんげん》を入れておく辺り、もしかしたら独自《どくじ》の情報《じょうほう》ルートでも持っているのかも知れない。

そして駆真が電話を耳元に押《お》し当ててから数秒の後――

『……な――っ？』

そんな、狼狽《ろうばい》に満ちた声が発された。

生還《せいかん》を喜び合う騎士たちの声が、一斉《いっせい》に鎮《しず》まる。皆《みな》インカムから響《ひび》いた少女の声が誰のものか、一瞬《いっしゅん》の間理解《りかい》出来なかった。

『……そう……ん、それで……？』

駆真は、自分が注目されていることになどまるで気づいていないかのような調子で、携帯電話を握《にぎ》る手に力を入れる。

『……くっ——私がいればそんなことには……！』

右耳に携帯電話を押しあて、賞金さえかけられたその顔を思い切り歪《ゆが》めながら、そんな声を絞《しぼ》り出す。——端的《たんてき》に言って、異常な事態であった。

ざわざわざわざわ。不自然な沈黙《ちんもく》は、すぐにどよめきに変わる。

ここにいる人間のほとんどが、駆真が焦った姿《すがた》を見るのは初めてだった。一体彼女の握る携帯電話から、どんな恐ろしい情報がもたらされているのか……それを考えると、皆の心臓《しんぞう》の鼓動《こどう》はより速く、強くなっていく。内紛勃発《ないふんぼっぱつ》。女王陛下《へいか》暗殺。隕石衝突《いんせきしょうとつ》。宇宙人襲《うちゅうじんしゅう》来《らい》。起こり得る得ないの区別すら曖昧《あいまい》なまま、あらゆる恐怖《きょうふ》の可能性《かのうせい》が、騎士たちの脳内《のうない》を走り回った。

『…………』

——背後《はいご》でざわめく同僚《どうりょう》たちになど微塵《みじん》も興味《きょうみ》を示さず、駆真が携帯電話の通話を切る。

未《いま》だその顔は蒼白《そうはく》。額《ひたい》にはうっすらと汗《あせ》が浮かび、彼女の蠟《ろう》のような肌《はだ》に、髪《かみ》を数本張り付けていた。

『……少し席を外す。もし私が居《い》ない間に何かあったら、小隊の指揮《しき》は――三谷原、おまえに任《まか》せる』

駆真が、すぐ近くに浮遊していた男に視線《しせん》を向ける。思えばそれは、彼女の振《ふ》る舞《ま》いに驚《おどろ》いていない数少ない人間の一人だった。

『おやまァ、その慌《あわ》てよう。……Aコールかい？』

鷹崎小隊の副隊長を務《つと》める騎士・三谷原雄一《ゆういち》曹長《そうちょう》が、無精髭《ぶしょうひげ》の生えたあごをさすりながら、眠《ねむ》たげな半眼《はんがん》をさらに少し細める。

上官に向けたものとは思えない馴《な》れ馴《な》れしい口調を注意するでもなく、駆真は浅く首を倒《たお》した。まるで、その肯定《こうてい》の動作に割《さ》く時間すら惜《お》しいとでも言うように。

そしてすぐさま足を縮《ちぢ》めると、目にも留《と》まらぬ速度で以《もっ》て雲海へと降下《こうか》していった。

数瞬の間、沈黙が流れる。皆、今起こったことが上手《うま》く理解出来ていなかった。

『……曹長、Aコールとは一体……君は何か知っているのか？』

小隊長が三谷原に話しかける。彼は気の抜《ぬ》けた笑《え》みを浮かべながら答えた。

『ん？　あァ、鷹崎とは空獣《ハンター》狩り時代からの腐《くさ》れ縁《えん》ですんで。……ま、あいつにとっての最優先事項《さいゆうせんじこう》っていうんですかねェ。あんま気にしないでやってくださいな』

言って、呑気《のんき》にくつくつと笑う。

しかしそんな三谷原とは対照的に、残された他の騎士たちは、今し方目撃《もくげき》した鷹崎駆真の異様《いよう》な表情が忘《わす》れられず、しばらくの間呆然《ぼうぜん》とするしかなかった。

◇

空から逆《さか》さまに急降下し、超《ちょう》スピードで騎士団本部庁舎《ちょうしゃ》にほど近い自宅《じたく》に舞い戻《もど》った駆真は、扉《とびら》を開け放つなり、足に装着《そうちゃく》された天駆機関を外すことすらせずに室内に入り込《こ》んだ。

がしゃがしゃとけたたましい金属音《きんぞくおん》を廊下《ろうか》に響かせながら、居間《いま》を目指《めざ》して猛進《もうしん》する。

フローリングの床《ゆか》に血痕《けっこん》や土汚《つちよご》れ、あとは細かな傷《きず》を幾《いく》つも残しているのだが、今の彼女にはそんなことを気にする余裕《よゆう》などなかった。

先刻《せんこく》携帯電話よりもたらされた破滅《はめつ》的な情報に身体《からだ》を突《つ》き動かされるように、一心不乱《いっしんふらん》に廊下を進み、居間の扉を弾《はじ》くように開ける。

「あ・り・さぁぁぁぁぁぁぁぁぁぁッ！」

駆真は叫《さけ》びながらリビングに飛び込み、ソファの上に腰掛《こしか》けていた小さな人影《ひとかげ》を両手で抱《かか》え込むと、そのままピンク色のカーペットにごろごろと転がり込んだ。

そして数秒の間力強く一方的な抱擁《ほうよう》を遂《と》げたあと、腕《うで》の力を抜いて胸元《むなもと》の少女と目を合わせる。

「……お帰りなさい、ねえさま」

いきなり飛びつかれた少女は、さして驚くでもなく駆真の胸《むね》の中でそう言った。彼女に感情《かんじょう》の起伏《きふく》が少ないというよりも、もう慣《な》れている、といった調子だ。

歳《とし》の頃《ころ》は十から一つ二つ歳月《としつき》を重ねたくらいだろう。生まれたばかりの子供《こども》を強力な漂《ひょう》白剤《はくざい》にでも漬《つ》けて育てれば、もしかしたらこのような容貌《ようぼう》になるのではあるまいか。そんな馬鹿《ばか》げた妄想《もうそう》をさせるほど、彼女は『白かった』。背《せ》を覆《おお》い隠《かく》す髪をはじめとして、その愛らしい貌《かお》も、首も、腕《うで》も、脚《あし》も、さらには身に纏《まと》った洋服さえ、一切《いっさい》が真っ白であったのだ。

ただ、駆真と同じような色をした瞳《ひとみ》と、右手の人差し指に滲《にじ》んだ血の跡《あと》だけが、赤く赤く色付いていた。

「血……あ……あ、あ……あああ在紗《ありさ》の指から血が血が血がァッ！　うあああああああああああああああ痛《いた》いいたいイタイッ！　ど、どどどどの包丁で切ったの在紗さあお姉ちゃんに言ってごらんどこの金物屋だどこのメーカーだどこの研《と》ぎ師《し》だ一族郎党《ろうとう》皆殺《みなごろ》しにして七代祟《たた》ってやるぅうううゥゥぁアアァぁあぁアァぁッ！　ジェノサァアイッ！　ジ

エノサァァァァァァァァァイッ！」

同僚が戦闘《せんとう》で右腕を失くした時さえ目を伏《ふ》せなかった鷹崎駆真が、少女の指先についた三センチほどの切り傷を見て狂《くる》ったように叫《さけ》ぶ。

「……大丈夫《だいじょうぶ》よ、ねえさま」

が、小さく囁《ささや》くような声音《こわね》で少女——在紗が言うと、駆真は途端《とたん》表情を変えた。どこか恍惚《こうこつ》とした様子すら漂《ただよ》わせ、小さな小さな少女の手をさする。

「あぁぁぁぁもぉぉぉぉ在紗は強い子だねえ良い子だねえ優《やさ》しい子だねえ。そうだよね大丈夫だよね。ほぉら、痛いの痛いの地平線の彼方《かなた》までぶっ飛び失《う》せろー」

「もう……大げさ。……絆創膏《ばんそうこう》の場所訊《き》いただけだったのに」

小さくため息を吐《つ》いて、在紗が言った。

——鷹崎駆真が微塵《みじん》でも焦《あせ》るような事態《じたい》が発生したのなら、それは国の危機《きき》と思って対処《たいしょ》にあたれ。

先の言葉が本当に正しいとするのなら、いつの日か蒼穹園に崩壊《ほうかい》の危機をもたらすであろう恐ろしい恐ろしい少女は、小さく苦笑《くしょう》しながら駆真の頭を撫《な》でた。

Case-01

「お断《ことわ》りします」

鈴《すず》の音《ね》というほどに軽くはなく、風の声というほどに涼《すず》しくもなく、しかしどこか凜《りん》と澄《す》むような調子で、鷹崎駆真《たかさきかるま》はその事務的《じむ》な言葉を飾《かざ》った。

騎士団《きしだん》本部の一室には、直立不動の体勢《たいせい》をとった空戦衣姿《すがた》の駆真と、それに向かい合うように座《すわ》った初老の男性《だんせい》がいる。その出《い》で立ちは蒼穹園《そうきゅうえん》騎士団の将校《しょうこう》であることを示《しめ》す略《りゃく》式礼服《しき》だ。一部の隙《すき》もなく着こなされた濃色《のうしょく》は、それだけで相手に重圧《じゅうあつ》を与《あた》えるような凄《すご》味《み》すら有していた。

とはいえ駆真にとってはそれも見慣《みな》れたものである。

少なくとも、上官から言い渡《わた》された緊急任務《きんきゅうにんむ》を、一瞬《いっしゅん》の躊躇《ためら》いもなく放棄《ほうき》するという、騎士にあるまじき行動をとれるくらいには。

「……一応《いちおう》、理由を聞こうか」

明確《めいかく》な駆真の意思表示《ひょうじ》に対し、椙浦少佐《すぎうらしょうさ》は、額《ひたい》に手を置き眉《まゆ》をひそめるという、これまた分かりやすい動作をしながら聞き返した。

そもそも上官が部下に対しそのような言動をとる時点で、彼がそれなりに柔軟《じゅうなん》な発想を持つ指揮官《しきかん》であることは分かるのだが、駆真にとってそんなものはさしたる興味《きょうみ》の対象にもならない。表情《ひょうじょう》をぴくりとも動かさず、言葉を続ける。

「今日は在紗《ありさ》の授業《じゅぎょう》参観があります。休暇《きゅうか》を申請《しんせい》していたはずですが」

「アリサ？」

「姪《めい》です」

「それで？」

「行かねばなりません」

陰鬱《いんうつ》そうに吐息《といき》して、彼は机《つくえ》に肘《ひじ》をついた。

無論《むろん》駆真は、そんな上官の様子を見ても、新兵に手本として示されるようなその姿勢《しせい》を崩《くず》すことはなかった。

休暇中に緊急任務だと言って本部に呼《よ》び出されることは今までも何度かあったし、今さらそのことについて不満を述《の》べたりする気などもないけれど、今日ばかりは融通《ゆうずう》をきかせるわけにはいかない。何しろ在紗の授業参観である。

しかしそこは少佐も退《ひ》くつもりはないのだろう。額についていた手を、最近白髪《しらが》の目立ち始めた頭に滑《すべ》らせながら、マネキンの如《ごと》く同じ姿勢を保《たも》ち続ける駆真に視線《しせん》を向けてくる。

彼が部下を叱《しか》りつけるときの癖《くせ》だ。もちろん、駆真はさして身構《みがま》えもしなかったけれど。

「授業参観ン……ッ？　しかも姪の……？　君はそんな理由で、任務を放棄すると言うのかねッ！　空戦衣に袖《そで》を通した瞬間から、親の死に目に会えないくらいの覚悟《かくご》はしておきたまえ！」

先ほどとは一変して語気を荒《あら》らげる少佐。新兵はこのギャップに腰《こし》を抜《ぬ》かすのだという。なるほど、確《たし》かにまるで別人のような振《ふ》る舞《ま》いである。駆真はなんとなく、逆《さか》さまにすると表情が変わる騙《だま》し絵を思い出した。

「お言葉ですが少佐」

無論そんなことを考えられるくらいだから、駆真がその怒気《どき》に怯《ひる》むことはない。

「六時間目の総合《そうごう》科目で、ダンスの発表が行われるのです」

「それがどうかしたかね！」

「なんと衣装《いしょう》が、それ専用《せんよう》に作られた白いフリル付きのワンピースなのです。モチーフは蒼穹園神話の天空神に仕《つか》える雲の妖精《ようせい》でして。この愛らしさはまこと筆舌《ひつぜつ》に尽《つ》くし難《がた》く……写真があるのですが御覧《ごらん》になられますか」

「いらんッ！」

胸ポケットに手を伸《の》ばしかけた駆真を制《せい》するように少佐が叫《さけ》ぶ。

「そうですか。――ともあれ、私は今ほど、午後の時間を待ち遠しいと思ったことはありません。理由は以上です」

「…………鷹崎少尉《しょうい》」

「はっ」

「却下《きゃっか》だ」

「何故《なぜ》ですか」

「聞き返すなッ！　そのような馬鹿《ばか》げた理由で任務を放棄するなど、蒼穹園の空を護《まも》る者にあるまじき行為《こうい》だ！」

「見解《けんかい》の相違《そうい》ですね。悲しいことです。あなたのように他者の価値観《かちかん》を理解しようとしない人間がいるから戦争は無くならない」

「フリル付きワンピースで起こる戦争など無いッ！」

　今までで一番の大音量で椙浦少佐が叫ぶ。先日医者に高血圧《こうけつあつ》を注意されたばかりだという話だが、そんなことはまるで頭に無いような剣幕《けんまく》であった。

　それに気圧《けお》されたわけではないし、少佐の脳《のう》の血管を気遣《きづか》ったわけでもないのだが、駆真は少佐に伝わらぬような小さな規模《きぼ》でため息を吐《は》き出した。もっとも、端《はた》から見ればそれはただの呼吸《こきゅう》と何ら変わらないものではあったのだけれど。

「……詳細《しょうさい》を聞きましょう」

少佐も恐《おそ》らく命令を曲げはしないだろう。ならば膠着状態《こうちゃくじょうたい》になってしまうのは時間をいたずらに消費するだけである。そう判断《はんだん》して、駆真はその言葉を吐いた。

「……まったく、何を考えている」

眉《まゆ》を歪《ゆが》めてぼやきながら、少佐が数枚《すうまい》の資料《しりょう》を示してくる。

一応、上官は上官だ。在紗の授業参観に比《くら》べれば彼の命令などゴミクズのようなものだけれど、原則的《げんそく》には従《したが》わねばならない。駆真は資料に目を落とした。

そこには萩存平野北部《しゅうそんへいや》の地図と、その上空の空図、そして空獣《エア》の情報《じょうほう》が細々《こまごま》と書かれていた。

空獣《エア》。

この生物については、その生態《せいたい》、習性《しゅうせい》など、詳《くわ》しく解明されていないことが多い。

理由は単純《たんじゅん》なもので、この生物が、誕生《たんじょう》から死亡《しぼう》までをすべて空中で過《す》ごすからである。

大地に嫌《きら》われた怪物《かいぶつ》とも称《しょう》されるその所以《ゆえん》。空獣《エア》の身体《からだ》は、爪《つめ》の先一欠片《ひとかけら》に至《いた》るまで、すべて不随意《ふずいい》に浮遊《ふゆう》するように出来ているのだ。

出産、食事、睡眠《すいみん》、交尾《こうび》、あらゆる生活を空に擁《よう》されながら営《いとな》み、そして死を迎《むか》えてからも、その屍《しかばね》は地に還《かえ》ろうとはしない。他の生物には絶対《ぜったい》に見られない異常《いじょう》な特性《とくせい》を備《そな》えた怪物である。

無論、彼《か》の異形《いぎょう》が人間を襲《おそ》う理由についてもまた、詳しいことはわかっていない。各国の工業化に端《たん》を発する慢性《まんせい》的な大気汚染《おせん》や鳥類の激減《げきげん》などの理由から、餌《えさ》が極端《きょくたん》に足りなくなったためという説もあるし、もっと単純に、大地に生きるモノへの嫉妬《しっと》とか憎悪《ぞうお》とかそういった感情が彼らにもあるのではないかという説もある。

ただ、その獰猛《どうもう》な生物が人々の生活圏《せいかつけん》の真上に生息しているのが明確《めいかく》な脅威《きょうい》であることだけは、世界中の誰《だれ》もが理解していた。

単純な話だ。騎士《きし》たちは、古《いにしえ》には隣国《りんごく》に向けていた槍《やり》を、その青空に向けざるを得なくなったのである。

「……………」

資料の右上に、望遠レンズで撮影《さつえい》したと思《おぼ》しき空獣《エア》群《ぐん》の写真が貼付《ちょうふ》されている。

そこに写っている空獣《エア》は、大きく分けるのならば二種。身体の二倍はあろうかという皮《ひ》膜性《まくせい》の羽根を有する蝙蝠《こうもり》のようなタイプと、それよりも一回り身体の大きい、前脚が異常に発達したタイプである。双方《そうほう》、常《つね》に強力な紫外線《しがいせん》に晒《さら》される皮膚《ひふ》は硬質化《こうしつか》し、まるで甲《こう》殻類《かくるい》のようにすら見えた。

「見ての通りだ。昨日深夜、萩存平野北部の上空四千五百メートルに、ハーピー級とガーゴイル級で構成《こうせい》される大隊規模の空獣《エア》群が確認《かくにん》された。数時間前から徐々《じょじょ》に高度を下げ、今は高度二千五百メートルに停滞《ていたい》している。鷹崎少尉以下鷹崎小隊は、直ちに現場《げんば》に向かい岬《みさき》中隊と合流、警戒《けいかい》にあたれ」

「警戒ですか」

「ああ、そうだが。何か不満かね」

不満が無いと言えば嘘《うそ》にはなった。実際《じっさい》空獣群《エア》の警戒任務《にんむ》は、空獣《エア》が危険域《きけんいき》から去らない限《かぎ》り続く長丁場《ながちょうば》だ。駆真も、最長で一週間、一つの空獣群《エア》に貼《は》り付いていたことがある。

「いえ。ただ、一つ確認を」

「何かな」

「空獣群《エア》が高度二千メートルまで降下《こうか》した際《さい》は、いつものように掃討《そうとう》作戦に移行《いこう》してよろしいのですね」

「無論《むろん》だ。何をわかりきったことを」

不機嫌《ふきげん》というより怪訝《けげん》そうな顔をして少佐《しょうさ》が言う。駆真は心の中でのみ小さく「よし」と呟《つぶや》き、敬礼《けいれい》をして部屋を出た。

◇

「はぁー……なんかもう、ねえ。なんて言うの？　アレよ、気が重いわ。五Gくらい」

そんなことを言いながら、鷹崎在紗の机《つくえ》に、クラスメートの橙堂美須々《とうどうみすず》がしなだれかかってくる。

本当に五倍の重力でもその身に受けているかのような格好《かっこう》でもう二、三度呻《うめ》いたあと、どこか憔悴《しょうすい》した色の映《うつ》る瞳《ひとみ》を在紗に向けてきた。

「とうとうこの日が来ちゃったワケよ。我《わ》が橙堂家が誇《ほこ》る天然記念物的珍獣《ちんじゅう》がみんなの目に晒される日が。……あー、なんて言うの？　アレよ。ユーウツ」

在紗は目の前で揺《ゆ》れる頭に手をやると、そのまま『いいこいいこ』をするように左右に軽く動かしてやった。

登校してから授業《じゅぎょう》が始まるまでの時間をどう過ごすかは人によって様々だろうけれど、結局の所もっとも多いのは、気の合う友人と何くれとなく会話をする、ということだろう。外を走り回るには短く、トイレで用足しをするだけでは余《あま》ってしまう中途半端《ちゅうとはんぱ》な時間だけに、朝の挨拶《あいさつ》がてら、自然と教室内にグループができることになる。

皓成大付属小学校《こうせいだいふぞくしょうがっこう》、西棟《にしとう》三階に位置する六年三組での今日の話題の中心は、当然、本日の午後行われる授業参観のことであった。あちらこちらに、淡《あわ》い色調の制服《せいふく》を身につけた子どもたちが集まっている。その多くは、どこか恥《は》ずかしさを感じながらも、概《おおむ》ね午後の授業を楽しみにしているようなのだが——

「去年も一昨年も、授業参観のプリントは完全に隠滅《いんめつ》してたのよ。それが……それが今年に限って……ッ！」

「……見つかっちゃったの？」

ぽつりと囁《ささや》くような在紗の声音《こわね》に、美須々は再《ふたた》び肩《かた》を落とした。

「そぉなのよぉー。びりびりに破《やぶ》って生ゴミの下に捨《す》てといたのに……フツーそれを復元《ふくげん》しようとかする？　湿気《しっけ》吸《す》ってへろへろになった紙がセロテープで無理矢理《むりやり》外科手術《げかしゅじゅつ》されてテーブルの上にあった時には、なんかもう恐ろしさすら感じたわよ。なんて言うの？　アレよ、異常者」

「……そんなこと言っちゃだめ。お母さん、大事」

在紗がそう言うと、美須々は「うっ……」と呻《うな》り、ばつの悪そうな顔をした。

「いや、……うん、そりゃわかってるわよ？　でも、授業参観のときは別。何度注意してもあの勘違《かんちが》いファッションを正そうとしないママが悪いの」

「……そんなに？」

「そうよ。目立った方が勝ちとか思ってんじゃないの、あの南国の極彩色怪鳥《ごくさいしきかいちょう》は。ほら、何か月か前に図工の時間でマーブリングってやったじゃない？　色んなインクを混《ま》ぜ合わせるやつ。アレが全身をくまなく覆《おお》ってると思えば、ママの脅威の何割《なんわり》かは分かるはず

よ」

言ってようやく身を起こす美須々。しかしそれでも陰鬱《いんうつ》な気は晴れないらしい。肺《はい》にたまった重い息を、在紗に向かって長く吐《は》き出してきた。

と。

「鷹崎さん、ちょっといい？」

それに合わせたように、一人のクラスメートが在紗の席に歩み寄《よ》ってきた。

「やっぱり今日って鷹崎さんの叔母《おば》さん、来るの？」

期待とか羨望《せんぼう》とか、そういうキラキラしたものを瞳に宿らせながら、背《せ》の高い女子生徒が胸元《むなもと》で手を組みながら尋《たず》ねてくる。在紗は少し困《こま》ったような顔をして頬《ほお》をかいた。視界《しかい》の端《はし》では、美須々がため息混じりに苦笑《くしょう》している。

「え……と、来るとは言ってたけど……ん、ちょっと、どうなるか」

「え？　どういうこと？」

「うん……今朝、緊急《きんきゅう》任務が入っちゃったみたいで……」

女子生徒は情《なさ》けなく眉《まゆ》を垂《た》らすと「ええー」と呟き、肩を落とした。

とはいえ、それも仕方あるまい。蒼穹園騎士《きし》団《だん》の騎士たちは、まさに国民の英雄《えいゆう》である。その中にあって屈指《くっし》の実力を持つと言われる鷹崎駆真は、その若《わか》さと見目の麗《うるわ》しさも手伝って、並々《なみなみ》ならぬ人気を獲得《かくとく》していた。雑誌《ざっし》や新聞で特集が組まれたことさえある。

「残念。今年こそは会えると思ったんだけどな」

「ん……ごめんね」

「ああ、いいのいいの。鷹崎さんのせいじゃないんだし。あ、でももし来たら、私のこと紹介《しょうかい》してねー」

「あはは……うん、わかった」

ひらひらと手を振《ふ》って女子生徒の背を見送ってから、ニヤニヤした表情《ひょうじょう》を浮《う》かべる美須々と目を合わせる。

「相変わらず人気ねえ、カルマさん。ま、あんだけキレイで強けりゃ当たり前かも知れないけど」

「ん……そう、かな」

在紗は思わず笑《え》みを作りたがる顔の筋肉《きんにく》を制《せい》した。もちろん、自慢《じまん》の叔母をほめられて悪い気はしない。いや、それどころかとても嬉《うれ》しい。しかし少し気恥《きは》ずかしさもあって、なんとか口元を微妙《びみょう》にもごもごさせながら頬を染《そ》めるにとどめた。

とはいえ、相手は長い付き合いの美須々である。それを丸ごと見抜《みぬ》かれたのだろう、やれやれと肩をすくめながら息を吐き出してきた。

「はあ……ま、いいわ。……でも何、緊急任務《にんむ》？　なんか去年と同じパターンじゃない？」

「……そうなんだよね」

実は、去年の授業参観の日も、駆真に本部から召集《しょうしゅう》がかかったのである。駆真は任務を終え次第《しだい》学校に向かうと言っていたのだが……結局、彼女が学校に到着《とうちゃく》したのは授業が全《すべ》て終わった後だった。

「去年は……その後が大変だったんだよね」

「ふうん？　何があったの？」

「いや、まあ……いろいろと」

ため息混じりに呟《つぶや》く。残念であったのは確《たし》かだが、在紗には、駆真を責《せ》める気など毛頭なかった。人々を空獣《エア》から守るのが駆真の仕事である。在紗はそんな叔母を誇《ほこ》らしく思っていたし、彼女が学校行事に出られないなどということも、覚悟《かくご》の範疇《はんちゅう》にあった。

だが、駆真にとってそれは致命《ちめい》的な過失《かしつ》であったらしい。その日は一日中床《ゆか》に頭を擦《こす》り付け「遅《おく》れてゴメンナサイ」と繰《く》り返していた。在紗は別に気にしていないと言ったのだが、それがさらに彼女の自己嫌悪《じこけんお》を加速させることになったらしく、わんわんと泣き出してしまったのだ。在紗は気にしていない、駆真の判断《はんだん》は正しかった、何度も何度もそう言い聞かせ、泣きやませるのに成功したのは実に三時間後のことであった。

在紗はそんな出来事を思い起こして苦笑した。今日もし間に合わなかったとしても、去年の再現《さいげん》は遠慮《えんりょ》してもらいたいものだ、と。

と、その瞬間《しゅんかん》、休み時間の終わりを告げるチャイムが鳴った。

もともと在紗の前の席である美須々は「おっと」と呟き、身体《からだ》の向きを戻す。

パタパタと自分の席に戻《もど》っていくクラスメートたちの足音を聞きながら、在紗は窓《まど》を——正確《せいかく》には、窓の外に広がる空を見つめた。

「ねえさま……ちゃんと来れるかな」

別に神様なんて信じていないけれど、在紗は軽く胸《むね》の前で手を組んだ。

◇

淡《あわ》い緑の絨毯《じゅうたん》の上には、既《すで》に薄汚《うすよご》れたカーキ色のテントが幾《いく》つも設営《せつえい》してあった。

現在《げんざい》萩存平野には、岬中隊三十六名、葛谷《くずや》小隊九名、そして鷹崎小隊五名の計五十名が待機しており、各々《おのおの》が様々な作業に従事《じゅうじ》している。

監視班《かんしはん》はモニターや通信端末《たんまつ》の前で慌《あわ》ただしく作業をし、整備《せいび》班もまた、背の低い芝《しば》の上に並《なら》べられた天駆機関《てんくきかん》の点検《てんけん》を行っていた。様々な形が見受けられるが、一番数が多いのは大型バイクのような形をしたそれだろう。バゼット式天駆機関と呼《よ》ばれるこのタイプは、蒼穹園騎士団でもっとも多く使用されている機種だ。

空獣《エア》を狩《か》るために必要不可欠《ふかけつ》な飛行機械――天駆機関も、今や民間にも多く出回ってはいるものの、その基本設計《きほんせっけい》が成されてからまだ数十年程度《ていど》しか経《た》っていない、非常《ひじょう》に若い乗り物である。

しかしそれも道理。何しろ、天駆機関は空獣《エア》の存在《そんざい》が公式に確認《かくにん》された後、もっと詳《くわ》しく言うのなら、空獣《エア》の死骸《しがい》が浮遊特性《ふゆうとくせい》を持っていることが確認された後、それを加工して飛空挺に仕上げたのが原初なのだ。

恐《おそ》ろしい害獣《がいじゅう》を駆除《くじょ》するために、その害獣の力を扱《あつか》わねばならないこの皮肉に、当時の人々はあるいは笑いあるいは落胆《らくたん》したというが、飛行というそれまでの人類の歴史に存在しなかった二字が、蒼穹園の経済《けいざい》を急速に発展《はってん》させたのは疑《うたが》いようのない事実であった。

かくして空獣《エア》はただの害獣ではなく、希少な資源《しげん》ともなったわけではあるが、だからといってその脅威《きょうい》が薄《うす》れるわけでもない。

少なくとも――まだ裸眼《らがん》ではまともに形すら見えないような高度にその姿《すがた》が確認されただけで、騎士団《きしだん》を警戒《けいかい》にあたらせねばならない程度には。

「…………」

駆真は無言で時計を眺《なが》めた。時刻《じこく》は九時十分。もう一時間目の授業《じゅぎょう》が始まっている頃《ころ》だろう。

いらいらいらいらいら。まるで心臓《しんぞう》を猫《ねこ》じゃらしか何かでくすぐられているかのような、得も言われぬむかつきが全身を駆《か》け巡《めぐ》る。表情《ひょうじょう》にはまったく表れないものの、駆真のストレスは平時のそれを圧倒《あっとう》的に上回っていた。

がたがたがたがた。気づくと、テントの中のパイプ椅子《いす》に腰《こし》掛けていた駆真は、傍目《はため》にも異常《いじょう》と思えるほど足を揺《ゆ》らしていた。実際《じっさい》ただの貧乏揺《びんぼうゆ》すりに過《す》ぎないのだが、鷹崎駆真が無表情で椅子を軋《きし》ませる様はさぞ異様なのだろう。遠目に何人かの騎士たちが、怪訝《けげん》そうな顔で彼女を見ていた。

正直な所、駆真を含《ふく》む実戦部隊のメンバーは、監視班や整備班などと異《こと》なり、あまりやることがない。さすがに飲酒は許可《きょか》されていないが、他《ほか》の騎士たちも、テントの中でカードゲームに興《きょう》じたり、外で軽く身体を動かしたりしている。

そんな中、駆真だけが両手足に甲冑《かっちゅう》を装着《そうちゃく》した状態《じょうたい》でテントの中にがしゃがしゃという金属音《きんぞくおん》を響《ひび》かせていた。

休めるときに休むというのも重要な騎士の仕事ではあるけれど、駆真にとって今この時間は、ギロチンの刃《は》を繋《つな》ぎ止めているロープをライターでちろちろと炙《あぶ》られているかのような心地《ここち》の悪さしか感じられない。何しろ時計の針《はり》が一つ進むたび、授業が始まる時間が迫《せま》ってくるのである。

午後の授業は五時間目と六時間目。決して、それこそ命に代えても遅《おく》れるわけにはいかない。

駆真は奥歯《おくば》を嚙《か》みしめた。苦い記憶《きおく》。去年——在紗が五年生のときの授業参観には、出席することが出来なかったのである。

在紗は気にしていないと言ってくれたが、駆真は前日彼女がどれだけ授業参観を楽しみにしていたかを知っていた。絶対《ぜったい》、絶対来てねと笑顔《えがお》で駆真に念を押《お》し、いつもより念入りにシャンプーをし、自分で制服《せいふく》にアイロンまでかけていた。

——嗚呼《ああ》、それなのに。

駆真は頭を抱《かか》えた。今年は、今年こそは、絶対に出席せねばならない。

否《いな》、それだけではない。在紗のためというのが一番なのは間違《まちが》いないが、単純《たんじゅん》に駆真が授業参観に出たいというのも、少なくないウェイトを占《し》めていた。

今年の授業参観はすごい。とてもすごい。一見すると六時間目の総合《そうごう》科目のみに目がいきがちであるが、五時間目の国語も、駆真にとっては女王生誕祭《せいたんさい》を遥《はる》かに超《こ》える一大イベントなのだ。

——なんと作文の発表。しかも、テーマは『私の家族』。嗚呼、なんて、なんてなんて素敵《すてき》な題目なのだろう。担任教諭《たんにんきょうゆ》よ貴方《あなた》に青宝珠勲章《ブルージュエルじゅよ》を授与しよう。もし、もし在紗が先生にあてられたなら、あの囁《ささや》くようなほんのりと甘味《あまみ》づいた可愛《かわい》らしいストロベリィヴォイスで、駆真に捧《ささ》げる文を少し頰《ほお》を染《そ》めながら恥《は》ずかしそうに読むことになるのである。そして作文を読み終えた後皆《みな》の拍手《はくしゅ》の中でちらりと後方を振《ふ》り返り駆真のことをあの赤い瞳《ひとみ》で見てそれで小さく本当に小さく微笑《ほほえ》んだりなんかしてしまったらもう鷹崎駆真はこの現世《げんせ》にとどまっていられる自信がないッ！　衛生兵《えいせいへい》！　衛生兵はどこだッ！

駆真は胸《むね》の裡《うち》でのみそう叫《さけ》んで、安っぽい軋みを上げるパイプ椅子から立ち上がった。

そう。——そろそろ、時間だ。

◇

「……おかしいですよね、やっぱり」

鷹崎小隊・錐本美栄《きりもとみはえ》の言葉に、周囲に集まっていた騎士たちはうんうんとうなずいた。

それも無理のない話だ。何しろ彼女らの目線の先には、両手足に甲冑を装着した状態で激《はげ》しく貧乏揺すりをする隊長・鷹崎駆真の姿があったのだから。

しかも身体《からだ》全体からこれ見よがしに焦燥感《しょうそう》を滲《にじ》ませているというのに、顔だけは平時の無表情という、これまた騎士たちを混乱させる妙な状態を保っている。注目を集めないはずはなかった。

今このテントには、四名の人間がいた。全員が鷹崎小隊に所属《しょぞく》する騎士たちだ。隅《すみ》で煙草《たばこ》を吹《ふ》かしている三谷原《みやはら》を除《のぞ》けば全員が女性《じょせい》騎士であるのだが、別段唯一《べつだんゆいいつ》の男性である三谷原を気にする素振《そぶ》りもなく、皆一様に不審《ふしん》そうに駆真の様子を窺《うかが》い、しきりに首を傾《かし》げている。

「本当にどうしたんでしょう。ずいぶんと落ち着きがありませんけど……」

「あー。あの日なんじゃないのー？　少尉《しょうい》も女の子だしー」

「下品よ、サキ。思ってても口に出さないのが礼儀《れいぎ》」

長身の少女――鎧塚《よろいづか》サキが笑いながら言うのを、三人の中で一番年長の（とはいえ、身長はもっとも低いのだが）鉤野《かぎの》かほるが眼鏡《めがね》の位置を直しながら窘《たしな》める。

「まあまあ……でも、ホントにどうしたんでしょうね」

「んー、そーだねー。天変地異《てんぺんちい》の前触《まえぶ》れ？　やっぱいなあ。ウチの実家耐震《たいしん》してないんだけど」

「今日休暇《きゅうか》をとっていたって話だけれど……それに何か関係あるのかしらね」

口々に言ってみて……またも首をひねる。実際《じっさい》のところ、立てば赤銅座《しゃくどうすわ》ればチタン歩く

のである。姿《すがた》はジュラルミン、あの鉄の女鷹崎駆真を焦《じ》らせる事態《じたい》など、皆想像《そうぞう》すらつかなかった
「曹長《そうちょう》、心当たりはありませんか？」

美栄が、少し離《はな》れた位置に腰掛《こしか》けていた三谷原に声をかける。この場にいる人物の中で、駆真ともっとも付き合いが長いのは間違いなく彼だった。

「……あー？　ンなこと言われてもなァ」

やる気のなさそうな声を上げ、三谷原が肩《かた》をすくめる。

しかし美栄は「そうですか」と返すと、さほど落胆《らくたん》もせずに話を再開《さいかい》した。三谷原の調子は何も今日に始まったことではない。さほど的確《てきかく》な返答を期待していたわけでもなかった。

「あー。そういえば」

と、サキがぽんと手を打った。

「何日か前さ、少尉に頼《たの》まれごとをしたんだよねー」

「ふうん、どんな？」

かほるが聞き返す。サキは頭をかきながら答えた。

「いやー……信じてもらえないかも知れないけど、化粧《けしょう》を教えてくれって」

『は……？』

美栄とかほるの目が点となる。それはそうだろう。駆真は化粧とか、お洒落《しゃれ》とか、そういったものにまるで興味《きょうみ》を示《しめ》さないことでも有名だったのである。アクセサリーなどは言うに及《およ》ばず、彼女のクロゼットに収《おさ》まっている私服《しふく》の数は十着に満たないという話だ。

二人はさらに眉根《まゆね》を寄《よ》せた。――そんな彼女が、一体何のために化粧を？

「それで……どうしたのよ？」

「まあ、頼まれたんで、教えたけど。とりあえずナチュラルメイクの基本《きほん》一式」

「鷹崎少尉が化粧……？　一体なんでまた」

「ですよね……。あの少尉が……」

美栄とかほるがあごに手を当てて考え込《こ》む。しかしサキはこともなげに、

「……いやー、普通《ふつう》に考えれば、男でも出来たんじゃないのと思うけど」

そんなことを、言った。

瞬間《しゅんかん》、テントの中は沈黙《ちんもく》に覆《おお》われた。後方からは整備《せいび》班《はん》の作業音や休憩《きゅうけい》中の騎士《きし》の笑い声、前方からは駆真の貧乏揺《びんぼうゆ》すりが生み出すがしゃがしゃという金属音《きんぞくおん》が聞こえてくるのだが、恐《おそ》らくそんなものは、誰《だれ》の耳にも入ってはいまい。騎士たちはただ、今もたらされた破滅《はめつ》的な仮説《かせつ》をどうにか理解《りかい》しようと――いや、理解した上で完璧《かんぺき》に否定《ひてい》しようとして

いた。

そして数瞬の後、示し合わせたようにわははと笑い出す。もっとも、それは随分《ずいぶん》と乾《かわ》いた笑いだったのだが。

「な、なな、何言ってるんですかサキさん。少尉に彼氏が？　今日はデェトだったとでも？」

「た、タチの悪い冗談《じょうだん》ね……あの鉄仮面《てっかめん》見てみなさいよ。あんなの相手にできるような男いると思う？」

「そ……そうですよね。あの鷹崎少尉ですよ？　恋人《こいびと》なんて、そんな」

「いやー、冷静に考えようよ。少尉ほどの美人さんはそういないってば。あたしが男ならほっとかないけどなあ」

いやいやいや。でもでもでも。サキの言葉に、かほると美栄は首を振った。それは恋人のいない女の焦《あせ》りにも見えたし……単純《たんじゅん》に鷹崎駆真を誰かに取られたくないという様子にも見えた。

三谷原だけが、そんな彼女らの様子を見て、苦笑《くしょう》しながら煙草《たばこ》を吹《ふ》かしている。

「………もし」

そんな中、押し殺したかのようなかほるの声が、テントの中に響《ひび》いた。

「もし仮《かり》に――いや、あくまで仮定の話であり一切《いっさい》事実無根のフィクションとした上での質問《しつもん》だけれど――本当に少尉に男が出来たとして、よ。……親愛なる鷹崎小隊のみんな、君らは一体誰なら認《みと》められるかしら？」

「…………ん―」

その言葉に、美栄は深刻《しんこく》そうな表情《ひょうじょう》を構築《こうちく》し、顎《あご》に手を当てて呻《うな》った。

「……愛沢大尉《あいざわたいい》なんてどうです？　女性人気《じょせいにんき》は高いですけど」

「駄目駄目《だめだめ》。あんな軟派《なんぱ》な男は論外《ろんがい》。少尉に手を出したなら私が背中《せなか》から撃《う》ってやるわ」

「あー。じゃあ技術《ぎじゅつ》開発局の切籐《さいとう》さんとかはー」

サキが言う。しかしかほるはまたも首を横に振《ふ》った。

「いいのは頭とお顔だけ。少尉には釣《つ》り合わないわ」

「陸戦部の門野少佐《かどのしょうさ》なんてのは」

「ふん、小汚《こぎたな》い泥喰《どろく》いに空《うち》の姫様《ひめさま》をやれるものですか」

「え、ええと、じゃあ誰なら考えられます？」

「三谷原」

「ん、それは――」

かほるは眉を八の字に歪《ゆが》めて呻った。が――すぐに疑問《ぎもん》が湧《わ》き出てくる。いくらあまり上下関係にこだわりのない三谷原とはいえ、彼のことを呼《よ》び捨《す》てにする騎士が今ここにいただろうか、と。

その疑問はさしたる時間をかけずに解《と》けた。テントの入り口に、腕《うで》を組んだ鷹崎駆真が立っている。どうやら今のは、彼女の声だったようだ。

「──っ！　しょ、少尉！」

「そのままでいい」

立ち上がろうとする美栄たちを軽く手で制《せい》し、駆真が金属音を響かせながらテントに入ってくる。

「あ……あの、少尉、今の話、聞いてましたか……？」

美栄が、恐る恐るといった調子で駆真に話しかける。

「……？　いや、よく聞こえなかったが」

そこで駆真は、何かを察したように「ああ」と言うと、眼球《がんきゅう》運動だけで軽く騎士たちを見回した。

「別に気にするな。上官の陰口《かげぐち》など、騎士の必須《ひっす》科目《かもく》のようなものだ」

「い、いえ！　決してそんなことは！」

言うも──どんな内容《ないよう》の会話をしていたか説明するわけにはいかず、美栄はそれきり黙《だま》り込んだ。これでは本当に駆真の悪口を言っていたように見えてしまう。

だが駆真はやはり微塵《みじん》も気にかける素振《そぶ》りを見せず、テントの奥《おく》で煙草を吸《す》っている三谷原に目を向けた。

「三谷原。用事がある。少しいいか」

「んー……？　あァ、はいはい」

三谷原が露骨《ろこつ》に面倒《めんどう》そうな顔を作ってから煙草を灰皿《はいざら》に擦《こす》り付け、パイプ椅子《いす》から立ち上がる。その気怠《けだる》げな様子は、まるで老人のようだった。

そして二人はテントを出、遠くに見える茂《しげ》みの方に歩いていった。残された三人は駆真らの背中が完全に見えなくなると安堵《あんど》と後悔《こうかい》がない交《ま》ぜになったようなため息を一斉《いっせい》に吐《は》き、緊張《きんちょう》していた全身を弛緩《しかん》させた。

だが、そんな放念もそう保《も》ちはしない。誰が号令をかけたわけでもないのに、三人はすぐさまスクラムを組むように密集《みっしゅう》した。

「え、なになにー、どういうコト？　まさかお相手って三谷原曹長《そうちょう》？」

「……正直否定《ひてい》しきれないわね。公私《こうし》ひっくるめても、少尉が一番親しい男性って言ったら多分曹長だし……」

「いや、でもどうなんでしょう……あの二人の場合何かそういうのとは違《ちが》う感じもしますけど……」

美栄が冷や汗《あせ》の滲《にじ》む頬《ほお》をかきながら言う。しかしサキはチッチッと人差し指を振ると、美栄の顔を下から覗《のぞ》き上げるように頭を傾《かたむ》けた。

「いやいやー、男と女なんて分からないモンよ美栄ちゃん。任務《にんむ》が入っちゃってデートがダメになったから、少しだけでも二人でいたい……と。くぅ、健気《けなげ》じゃないの。あの茂みの奥《おく》で濃厚《のうこう》な濡《ぬ》れ場が展開《てんかい》されてても驚《おどろ》かないね、あたしは」

「ちょっ……や、やめてくださいよサキさん」

生々しい表現《ひょうげん》に美栄が顔をしかめる。

かほるはやれやれといった感でサキの頭を小突《こづ》いた。もっとも、その額《ひたい》は平時では考えられないほど汗《あせ》で光っていたのだが。

と——駆真たちが茂みに消えてから三分ほど経《た》った頃《ころ》だろうか、突然遥《とつぜんはる》か上空から、遠《えん》雷《らい》のような咆吼《ほうこう》が轟《とどろ》いた。

「な——何ッ！」

テント内が、騒然《そうぜん》とした空気に包まれる。

それは間違いなく、大地に嫌《きら》われた怪物《かいぶつ》の轟声《ごうせい》だった。少なくとも、その存在《そんざい》が公式に認められる前までは真に化け物とか悪魔《あくま》とか怪獣《かいじゅう》とかと呼称《こしょう》されていた異常《いじょう》生物が、これでもかと言わんばかりに喉《のど》を震《ふる》わせ、痛恨《つうこん》を、あるいは憤激《ふんげき》を露《あら》わにするかのように空気を揺《ゆ》らす。

皆《みな》が一斉にテントから飛び出、空を仰《あお》ぐ。まだはっきりとは確認《かくにん》出来ないが——静止していた空獣群《エアぐん》が移動《いどう》している様子が見て取れた。

「くッ、随分《ずいぶん》と急ね……何かあったのかしら」

「は。空獣《エア》の思考なんてわかんないって！」

皆がざわめいていると、茂みの方から、駆真と三谷原が戻《もど》ってきた。駆真の様子は先刻《せんこく》とさほど変わらなかったが、三谷原は額に汗を滲《にじ》ませながら視線《しせん》を泳がせ、力無い苦笑《くしょう》を浮《う》かべていた。よく見ると、何故《なぜ》か彼の手には、先ほどは持っていなかったスナイパーライフルが見受けられる。

「空獣《エア》が降下《こうか》を開始した。急いで準備《じゅんび》しろ」

駆真が、いつものごとく平静な調子でそう言う。

「な……何があったんですか？　何の前触《まえぶ》れもなくこんな……！」

「偶然だ。——ああ、ちなみに偶然B地点のモニターは不具合を起こしているようだし、偶然今は監視員《かんしいん》の交代時間のようだ。調べても無意味だぞ」

駆真は自信満々にそう言って、両手両足の天駆機関をがしゃりと鳴らした。

◇

隊の指揮官《しきかん》である岬大尉《たいい》から、全隊に出撃命令《しゆつげき》が出たのは、駆真と三谷原が仮本部《かりほんぶ》であるテント群に戻ってからすぐのことであった。作戦コードはＣ―１。天駆機関で空中へ向かい空獣《エア》群を掃討《そうとう》、その後、死骸《しがい》の回収《かいしゆう》を行う。

突撃班《とつげきはん》主体であるＣ号台の作戦は、駆真の密《ひそ》かなお気に入りであった。

何しろ、分かりやすい。

余計《よけい》なことに頭を巡《めぐ》らせずに、ただ目の前の異形《いぎよう》を倒《たお》せばいいだけなのだから。

「行くぞ」

慣《な》れた動作で首に提《さ》げていたゴーグルを装着《そうちやく》し、腰元《こしもと》のポーチから取り出したブドウ糖《とう》のブロックを口に放《ほう》り入れる。駆真は鼻から細く息を吐《は》くと、足の甲冑《かつちゆう》で地面を蹴《け》った。

瞬間《しゆんかん》、駆真の身体《からだ》が、正しく言うならば、彼女が手足に装着している甲冑が浮遊《ふゆう》した。

駆真に続くように、幾人《いくにん》もの騎士《きし》が彼女の後方で地からその身体を離《はな》す。

空獣《エア》の浮遊特性《とくせい》を利用したそれは、飛行に滑走《かつそう》を必要としない。ほぼ垂直に近い軌道《きどう》をとりながら、突撃班は遥《はる》か上空へと舞《ま》い上がった。

耳の奥《おく》が軽く痛《いた》む。エレベーターに乗っているときのような、妙《みよう》な浮遊感。

しかしそれも、駆真にとっては慣《な》れたものである。初めて天駆機関で空を飛んだ者はその感覚に顔をしかめると言うが、さすがに今この場に、そんな初心者などはいない。

萩存《しゅうぞん》平野上空、高度二千メートル。

そこに——その生物はいた。

灰色《はいいろ》の皮膚《ひふ》が鎧《よろい》のように身体を覆《おお》い、辛《かろ》うじて目と口の位置から赤い色が覗《のぞ》く。

身体と同じ大きさの羽根が生えた、蝙蝠《こうもり》を思わせるフォルムを持つハーピー級。そしてもう一種は、前脚が異常に発達したアンバランスな身体と、頭に生えた二本の角《つの》らしき器官が特徴的《とくちょう》なガーゴイル級。

生涯《しょうがい》すべてを空の中で過《す》ごす、大地に嫌われた怪物——空獣《エア》。

「作戦を開始する」

『了解《りょうかい》！』

突撃班班長である駆真が言うと、耳元のインカムから騎士たちの声が返してくる。

それを確認すると同時、駆真は身体を軽く前方に傾《かたむ》かせ、足を縮《ちぢ》めた。

一瞬息を止め、水泳のスタートを切るように足を伸《の》ばす。

——そして、舞踏《ぶとう》の時間が始まった。

駆真の視線の先にいたガーゴイル級の頭部を踏《ふ》み抜《ぬ》き、その内容物《ないようぶつ》を空に散らす。しかしそれらは下方には落ちず、宙《ちゅう》に漂《ただよ》い続けた。

「――ッ、――ッ」

規則的《きそく》に、肺《はい》にたまった息を吐きながら、駆真が次なる目標を求めて身体をねじる。

ときに複雑極《ふくざつきわ》まりない飛行を可能《かのう》とする天駆機関の駆動《くどう》は、実は大きく分ければ四つだけしかない。

空獣《エア》の骸《むくろ》の特性そのままに、無重力のような状態《じょうたい》でただ浮遊するのみの〈浮《フロート》〉。

空中の特定のポイントで天駆機関を静止させる〈停《ステイ》〉。

空獣《エア》の浮遊特性を中和し、地に降《お》り立つ〈着《タッチ》〉。

そして推進剤《すいしんざい》を使用し、急激《きゅうげき》な加速を行う〈翔《ソア》〉。

様々な形が存在する天駆機関ではあるが、基本的《きほん》にこの四つの駆動は共通している。

それは、駆真の手足を覆《おお》う甲冑――マーケルハウツ式天駆機関も例外ではなかった。

空獣《エア》の骨《ほね》が組み込《こ》まれた拳《こぶし》と、踵《かかと》に空獣《エア》の眼球《がんきゅう》が仕込まれた、空を舞う足。搭乗者《とうじょうしゃ》に当然の如《ごと》く限界《げんかい》を要求する『傲慢《ごうまん》な機械』。

至極簡単《しごくかんたん》な話だ。浮遊するのはあくまで天駆機関であって人間ではない。装着型の機関を用いたとしても、常人では体勢《たいせい》を保《たも》つことすら困難《こんなん》なのである。

「――ッ、――ッ、――ッ」

短く区切った息を外へ逃《にが》しつつ、右足の天駆機関のみを振《ふ》り上げ、駆動を一瞬〈浮《フロート》〉から〈着《タッチ》〉へ。その一瞬の間に、右足は重力と筋力《きんりょく》の力を得て下方へと落ちる。ちょうどその位置にあったハーピー級空獣《エア》の頭を打ち抜き、〈翔《ソア》〉、身体を急上昇《きゅうじょうしょう》させた。

その勢《いきお》いを殺さぬうちに、今度は両腕《りょううで》の甲冑を〈停《ステイ》〉駆動させ、空中に固定。それを軸《じく》として足を〈翔《ソア》〉、独楽《こま》のように回転させ、周囲に群《むら》がっていたハーピー級の翼《つばさ》と、ガーゴイル級二体の顎《あご》を蹴《け》り払《はら》った。

〈翔《ソア》〉、〈浮《フロート》〉、〈停《ステイ》〉、〈翔《ソア》〉、〈翔《ソア》〉、〈着《タッチ》〉、〈翔《ソア》〉。

まるで難解なパズルのように四種の駆動を組み合わせ、青の中を縦横無尽《じゅうおうむじん》に駆《か》け回る。

駆真が天使と、あるいは魔女《まじょ》と呼《よ》ばれる所以《ゆえん》。身体に着装《ちゃくそう》する天駆機関のため、周囲からは彼女が自らの力のみで空を舞っているようにしか見えないのである。

〈翔《ソア》〉、〈翔《ソア》〉、〈着《タッチ》〉、〈浮《フロート》〉、〈停《ステイ》〉、〈翔《ソア》〉、〈翔《ソア》〉、〈翔《ソア》〉、〈着《タッチ》〉、〈翔《ソア》〉、〈浮《フロート》〉、〈停《ステイ》〉。

ゴーグル越《ご》しに目に入る仄暗《ほのぐら》い視界《しかい》の中に空獣《エア》を確認《かくにん》しては、その頭を的確に粉砕《ふんさい》する。

「――――ッ」

何体目とも知れぬ空獣《エア》を空の塵《ちり》とし、駆真はリズムから外れた息を一つ、空に落とした。

この空獣《エア》群を構成《こうせい》するカテゴリーは、ハーピー級とガーゴイル級。主《おも》に大きさによって等級分けされる空獣《エア》の中で、下から数えて一番目と二番目に位置する小型種である。

ハーピー級の大きさは、羽根を入れなければせいぜい中型犬程度《ていど》。それよりも一回り大きい体軀《たいく》を持つガーゴイル級でも、平均《へいきん》すれば牛くらいの大きさだ。

もちろん武器《ぶき》も持たず、戦闘《せんとう》の心得もない人間に――あるいは、空での戦いに慣《な》れていない新兵に――とってみればその爪《つめ》と牙《きば》と、そして数は恐《おそ》ろしい脅威《きょうい》となりうるのだが、駆真にとってはそう難《むずか》しい相手でもない。

しかも今は、装備《そうび》も人員も十分にある状態だった。掃討《そうとう》の終了《しゅうりょう》にも、そう時間はかからないだろう。

「……これなら、間に合いそうだな」

駆真は辺りを見回した。彼女の周囲には、頭部を損傷《そんしょう》した空獣《エア》の死骸《しがい》と、そこから流れ出た血液《けつえき》が、無重力空間に漂うように浮遊している。いちいち倒《たお》した数など数えてはいないけれど、それなりの量にはなるはずだった。

時間をとられる死骸の回収《かいしゅう》は別の部隊に任《まか》せようと心に決め、駆真は未《いま》だ残る怪物《かいぶつ》を狩《か》るために空の青を蹴《け》った。

◇

人差し指と中指を口元へ持っていき――今そこに何もくわえていないことにようやく気

づく。

三谷原はそんな自分の行動に苦笑《くしょう》しながらも、今すぐにでも胸ポケットの中を探《さぐ》りたい心地《ここち》をどうにか抑《おさ》え込んだ。中途半端《ちゅうとはんぱ》に暇《ひま》な時間が出来ると、どうしても口寂《くちさび》しくなってしまう。

——おまえに一生出来ないことを教えてやろう。それは結婚《けっこん》と禁煙《きんえん》だ。

そんなことを駆真に言われたのは、何年前のことだっただろうか。当時の彼女の言葉を示《しめ》すように、三谷原は未《いま》だ、紫煙《しえん》を吐《は》き出す紙筒《かみづつ》を伴侶《はんりょ》としていた。

そしてこのような時には、特にそのヤニ臭《くさ》い妻の温《ぬく》もりが欲《ほ》しくなるのである。

C号台の作戦は、三谷原のような狙撃手《そげきしゅ》にとっては退屈極《たいくつきわ》まるものであった。彼の仕事は突撃班《とつげきはん》が仕留《しと》め損《そこ》なった空獣《エア》が群《む》れから離《はな》れるところを狙《ねら》い撃《う》つことなのだが……こういった作戦において、鷹崎小隊の狙撃班は、他《ほか》の隊に比《くら》べて暇なことが多い。理由は至極単純《しごくたんじゅん》。鷹崎駆真を筆頭とする突撃班が仕留め損なう空獣《エア》の数が、極端《きょくたん》に少ないからである。

とはいえ実際《じっさい》、任務《にんむ》が楽なこと自体は一向に構《かま》わないのである。三谷原は別に希望に燃《も》える新兵でも、誇《ほこ》り高き騎士《きし》でも、好戦的な戦士でもない。遠距離《えんきょより》からの攻撃《こうげき》がメインとなるB号台の作戦よりは、遥《はる》かに三谷原好みの作戦と言うことができた。

と、目に見えぬ煙《けむり》を吐き出すように細く吐息《といき》すると同時、

『――すごい』

耳元の通信端末に、少女のものと思《おぼ》しき声が入ってくる。見やると、すぐ隣《となり》に、三谷原と同じくバゼット式天駆機関に跨《またが》った美栄が〈停《ステイ》〉状態《じょうたい》で静止していた。

そして当然と言うべきか、彼女の視線の先には、隊長・鷹崎駆真の姿《すがた》がある。

幾体《いくたい》もの空獣《エア》の中にあってその姿は鮮烈《せんれつ》。舞《ま》うたびに長い黒髪《くろかみ》を躍《おど》らせ、同時に青い背《はい》景《けい》に血を塗《ぬ》りたくっていく。なるほど確《たし》かにその舞踏《ぶとう》は天使。その所業は魔女である。

「……あァ、鷹崎ね。あいつの飛行はいつ見ても見事だよ」

いつもは誰《だれ》かの呟《つぶや》きに言葉を添《そ》えることなどしない三谷原ではあったが、口寂しさも影《えい》響《きょう》してだろうか、そんな言葉を吐いていた。

彼女もそんな三谷原の行動に幾分か驚《おどろ》いたのだろう、数瞬《すうしゅん》の間、無言が流れる。しかし黙《だま》ったままでいるのも失礼と感じたのか、すぐに言葉を続けてきた。

『はい……私もいつかは少尉《しょうい》と同じように、マーク式で空を飛ぶのが夢《ゆめ》なんです』

マーク式、とは、駆真のマーケルハウツ式天駆機関の略称《りゃくしょう》である。三谷原はむー、とうなってから返した。

「……君、インラインスケートってやったことあるかい？」

『え……は、はあ……一応《いちおう》』

「アレを履《は》いた状態で足首にロープくりつけて、車にでも引っぱられてみな。幾分かはマーケルハウツが体感出来るはずさ」

その言葉で、彼女はしばし無言になった。

「……いやまァ、絶対《ぜったい》に不可能《ふかのう》とは言わないさ。実際《じっさい》は両腕《りょううで》の天駆機関も浮遊補助《ふゆうほじょ》に使えるしな。——だけど、鷹崎と同じレベルまでを求めるとなると、こいつァ努力だけじゃなんともならねェ。あいつはそう、平たく言やァ……特別なんだ」

いつになく饒舌《じょうぜつ》に、三谷原の口は動いていた。煙草《たばこ》を吸《す》えないための代償《だいしょう》行動でもあるのだろうが、もしかしたら、自分の古くからの友人がどれほど優《すぐ》れているかということを、〝にわかファン〟に知らしめてやりたくなったのかも知れない。

「特別……ですか」

「あァ。……知ってるかい？　あいつは先天性白皮症《せんてんせいはくひしょう》って病気でな。本当は紫外線《しがいせん》に滅法《めっぽう》弱いんだ。騎士団《きしだん》の空戦部なんて務《つと》まる身体《からだ》してねェのよ」

『あ、はい……聞いたことがあります。あ、でもなんか特殊《とくしゅ》な抗体《こうたい》を投与《とうよ》してるとかで、紫外線には耐性《たいせい》があるとか……』

そこまで知っているのならば話は早い。三谷原は小さくうなずくと後を続けた。

「そう。その通りだ。――じゃあ、その抗体が何から採取《さいしゅ》できるかは知ってるか？」

『えっ……』

美栄が言葉を詰《つ》まらせるのが聞こえる。三谷原は喉《のど》を鳴らすように笑うと、前方に片手《かたて》をやった。

「はは、目の前にいるだろう。年がら年中太陽光浴びっぱなしのバケモンが。――あいつらの皮膚《ひふ》ってよ、すげェ紫外線耐性持ってると思わねェか？」

『ま、まさか……空獣《エア》ですか』

おう、と三谷原は首肯《しゅこう》した。

「その抗体は元々空獣《エア》の皮膚組織《そしき》から抽出《ちゅうしゅつ》されるモンだ。……まあイメージは悪かろうが、鷹崎も、その姪《めい》っ子の在紗ちゃんもその恩恵《おんけい》にあずかってる。――ただ、こいつには面白《おもしれ》ェ副作用があってなァ。確かメラニンと過敏《かびん》に反応《はんのう》するとかで……普通《ふつう》の人間がそれを打つと肌《はだ》が炭みてェに黒くなるとかいう話だ」

『そ、そうなんですか……』

自分の肌が真っ黒になる想像《そうぞう》でもしたのだろうか、微《かす》かに震《ふる》えた声が返ってくる。

「鷹崎だってそうだ。あいつ、昔は金髪《きんぱつ》だったんだぜ？」

『えっ？』

「お？　聞いてなかったか。在紗ちゃんは完全な白髪《はくはつ》だったから抗体の影響《えいきょう》は受けなかったみたいなんだが、鷹崎の髪には少し色素《しきそ》があったみたいで、淡《あわ》い金色だったんだ。――それが抗体投与後には見事に真っ黒。ありゃァ驚いたな」

と、そこで三谷原は会話を切った。

五百メートルほど先で繰《く》り広げられる戦闘《せんとう》。その群《む》れの中から、ガーゴイル級空《エ》獣《ア》が一体、下方へと離脱《りだつ》していく。

「そうはさせますかァ、っての」

流れるような動作でスナイパーライフル・〈久遠《くおん》の声〉を構《かま》え、すぐさま発砲《はっぽう》。その銃《じゅう》口《こう》の遥《はる》か先で赤い花が咲《さ》いた。

「――っと、悪いね。話の途中《とちゅう》で」

『い、いえ……』

「ええと、どこまで話したっけ。そうそう、あれだ。副作用の話だ。こいつにはもう一つ、面白《おもしれ》ェのがあってよォ」

『もう一つ、ですか』

「ああ。こいつを長い期間投与されつづけてると、体重が軽くなるんだそうだ。――正しくいえば、半ば浮《う》いてるような状態なのかも知れねェけどよ」

聞きようによっては間の抜《ぬ》けた副作用。実際《じっさい》、三谷原は肩《かた》をすくめながらその言葉を吐《は》いた。

しかし美栄は存外《ぞんがい》頭の回る人間であったようだ。その事柄《ことがら》が内包する意味をいち早くとらえ、理解《りかい》しなければ、ここで無言になることもあるまい。

「――分かるかい？　生まれ持ったハンデは、実は騎士として最高の素質《そしつ》だった。その異常《いじょう》なまでに軽い身体こそが、蒼穹園の魔女《まじょ》の最大の武器《ぶき》なのさ」

前方で響《ひび》いていた空獣《エア》の鳴き声が完全に消える。

駆真はこの日も、最強であった。

◇

地に足が着いてから、再《ふたた》びブドウ糖《とう》のブロックを口に放《ほう》り入れる。唾液《だえき》で湿《しめ》った糖分は速《すみ》やかに口の中に甘味《あまみ》を広げ、舌《した》の根本を微《かす》かに痺《しび》れさせた。

全身にその甘さが循環《じゅんかん》するようなこの感覚は嫌《きら》いではない。駆真は味の付いた唾液を飲み下し、目元を隠《かく》していたゴーグルを外した。

「…………ふう」

駆真の運動量は、他《ほか》の突撃班《とつげきはん》の騎士と比《くら》べても五倍近くはあった。その異様に軽い体重故《ゆえ》に、マークルハウツという特殊《とくしゅ》な天駆機関を誰よりも巧《たく》みに操《あやつ》ることの出来る駆真ではある。しかし、そこから生まれた駆真独自《どくじ》の戦闘《せんとう》スタイルは、彼女の体力を遠慮《えんりょ》なく奪《うば》っていくのだ。

拳打《けんだ》と脚蹴《きゃくしゅう》で空獣《エア》と戦う者など、そうはいるまい。

後衛《こうえい》の騎士たちはほとんどがバゼット式などの搭乗型《とうじょうがた》天駆機関を用いる。前衛《ぜんえい》を務《つと》める騎士たちの中には確《たし》かに装着型《そうちゃくがた》天駆機関を愛用する者もいるが、通常は銃、もしくは長物の武器を扱《あつか》うことが一般《いっぱん》的だ。

しかし駆真は真に、空獣《エア》と肉弾戦《にくだんせん》をやってのけるのである。

駆真が英雄《えいゆう》たる騎士団の中でも、特に国民に人気のある理由の一端《いったん》がこれであった。故に騎士団を英雄として扱う際《さい》に、シンボリックな存在《そんざい》として駆真が選ばれることが多いのである。

それはどうやら騎士団内でも影響しているようだ。岬中隊や葛谷小隊の騎士たちは、話しかけてくる様子もないというのに、駆真に興味《きょうみ》ありげな視線《しせん》を送ってきていた。もちろん、そんなことを気にかけるような駆真ではなかったけれど。

とはいえ、どうやら例外もあるようだ。額《ひたい》に滲《にじ》む汗《あせ》を拭《ぬぐ》う駆真の前に、大柄《おおがら》な男が現《あらわ》れる。

「ご苦労、鷹崎くん」

「はっ」

駆真は居住《いず》まいを正してから、その男——岬中隊を率《ひき》いる騎士・岬大尉《たいい》に敬礼《けいれい》した。

「生で君の空戦を見るのは初めてだったが、いやはや見事なものだ。モニターの前で皆興《みなこう》奮《ふん》しとったよ、なはは」

「恐縮《きょうしゅく》です」

駆真よりも頭三つ分は背《せ》の高い岬は、しかしその巨軀《きょく》に似合《にあ》わぬ柔和《にゅうわ》な表情《ひょうじょう》を浮かべて笑った。

「——ああ、そうそう。つい今し方本部に掃討《そうとう》の終了《しゅうりょう》を通達したんだがね」

「はい」

「少佐《しょうさ》から君宛《あ》てに新しい任務《にんむ》が下ったよ」

「お断《ことわ》りします」

間髪《かんはつ》入れず、平時から無感情な目をさらに平坦《へいたん》にさせて駆真が返す。

岬大尉は幾分《いくぶん》か驚《おどろ》いたように（当然かも知れないが）目を丸くしたあと、再《ふた》び快活《かいかつ》に笑った。

「なっははは。なるほど、噂通《うわさどお》りだ。まあ命令不服従《ふふくじゅう》は困《こま》るが、信念を持つのは良いことだよ。──しかし困ったな。この任務、君以外に任《まか》せるわけにもいかんのだが」

「申し訳《わけ》ありませんが私は──」

「『早く授業参観《じゅぎょう》に行ってやれ』、だそうだが……まあ、君がそこまで言うのなら別の者を行かせようか」

今度は駆真が目を丸くする番であった。

数瞬《すうしゅん》の間をおいてその言葉の意味を理解し、岬大尉に敬礼で返す。

彼も、非常《ひじょう》に希有《けう》と言われる鷹崎駆真の表情の変化を目にしてか、上機嫌《じょうきげん》な様子でまたもなははは、と笑《え》みを浮かべた。

「ただ、君の小隊は借りるよ。まだ空獣《エア》の死骸《しがい》の回収《かいしゅう》が残っているからね」

「はい。馬車馬のようにお使いください」

「なはははは。これはこれは。彼らもとんだ隊長を持ったものだ」

それでは、と最後にもう一度敬礼してから踵《きびす》を返す。在紗の午後の授業まではまだ随分《ずいぶん》と余裕《よゆう》があった。この後の行動について三谷原たちに伝えるくらいはしていった方がいいだろう。

マーケルハウツの底で重苦しい音を鳴らしながら萩存平野を進んでいくと、ほどなくして、三谷原等鷹崎小隊の面々が天駆機関の点検《てんけん》をしている場所に辿《たど》り着いた。

そして、

「三谷──」

駆真がその長身の背に声を──

「……んン？」

三谷原は一時天駆機関を点検する手を止め、後ろを振《ふ》り返った。

「どうかしましたか、三谷原曹長《そうちょう》」

近くにいた鷹崎小隊所属《しょぞく》の部下が首を傾《かし》げながら言ってくるのに、これまた首の角度を変えて返す。再び「んンー？」と眉《まゆ》を歪《ゆが》めながら呻《うな》り、彼はもう一度後方に顔を向けた。

「……曹長？」

「ん……今よォ、鷹崎の声しなかったか？」

「少尉《しょうい》のですか？……さあ、どうでしょう」

「そか？　んー、なんか呼《よ》ばれた気がしたんだけどなァ」

三谷原は頭を爪《つめ》で軽くかきながら、首を元の向きに戻《もど》した。

「——原。この後の行動についてだが……」

言ってから、駆真はその異常《いじよう》に身を固くした。

前方に、三谷原が、いない。

「…………な」

否《いな》——正しく言うのなら、それすらも、今彼女を包む異常のほんの一欠片《ひとかけら》に過《す》ぎなかった。

何が異常か、などと言う問いを発するのは愚者《ぐしや》の所業だろうか。何故《なぜ》なら答えは既《すで》に視《し》界《かい》一面に示《しめ》されている。そう——全て異常だ。

駆真の周囲の景色が、今の今までいた萩存平野のそれとはまったく異《こと》なったものになっていた。明らかに屋内。しかもそう広い部屋ではない。意図的に照明が落とされているとしか思えないような薄暗《うすぐら》い空間に、しかしぼんやりと浮《う》かぶのは小さな炎《ほのお》の灯《あか》りである。

その暗さに目が慣《な》れるのを待ってから辺りを見回すと、その部屋のおおよその形が摑《つか》めてきた。

まず目についたのは壁床天井《かべゆかてんじよう》に描《えが》かれた、奇妙《きみよう》な紋様《もんよう》である。そして駆真を取り囲むように設置《せつち》された、祭壇《さいだん》か何かのような物体。悪魔《あくま》崇拝者主催《すうはいしやしゆさい》のサバトの生贄《いけにえ》にでもなった気分になって、駆真はさらに眉をひそめた。

「……なんだ、ここは……」

確《たし》かに駆真は、萩存平野にいたはずである。しかし、今この場所が平野に見えないのもまた、確かであった。

瞬間《しゅんかん》——前方から物音がする。

「——っ」

今の今までそこにあった人の気配を察知できなかった未熟《みじゅく》に悔恨《かいこん》を覚えつつも、駆真は腰《こし》の自動拳銃《けんじゅう》に手をかけた。狭《せま》い室内では、天駆機関を用いての格闘《かくとう》は困難《こんなん》である。

「何者だ」

油断《ゆだん》なく周囲に気を張《は》り、駆真が意図的に低くした声音《こわね》で言う。どうも彼女の地声には凄味《すごみ》が無いらしく、相手に威圧《いあつ》感を与《あた》える際《さい》はいつもこうしていた。

「は——はいッ」

闇《やみ》の中から、緊張《きんちょう》に溢《あふ》れて裏返《うらがえ》った声が聞こえてくる。若《わか》い女——もしくは、声変わりを済《す》ませていない少年だ。もしそうでなければ、奇跡《きせき》的なソプラノを持った声楽の天才か、去勢《きょせい》された男だろう。それほどまでにか細く、高い声だった。

そして、ゆっくりとした歩調で、その高音の主が近づいてくる。

「……ゆ――」

そんな言葉を口にしながら、弱々しい火の明かりに照らされた顔は、やはり女のものだった。ウェーブのかかった長い金髪《きんぱつ》を揺《ゆ》らし、青玉のような碧眼《へきがん》で駆真を見据《みす》えてくる。年は駆真と同じか、そうでなければ少し上だろう。その端整《たんせい》な顔の造作《ぞうさく》は今、感激《かんげき》とかそういった類《たぐい》の感情《かんじょう》によって不細工《ぶさいく》に歪《ゆが》んでいた。

「――勇者様っ！」

「……………………は？」

いきなりその場に跪《ひざまず》き、頭《こうべ》を垂《た》れた女に、駆真は在紗の前以外では見せたことのないような、間の抜《ぬ》けた顔を作った。

Case-02

一時間目の終了《しゅうりょう》を告げるチャイムが鳴り、先生が教室を去ると、六年三組の教室は徐々《じょじょ》に喧噪《けんそう》に包まれていった。二時間目が始まるまでの短い間とはいえ、生徒たちにとっては貴重《きちょう》な休み時間である。皆《みな》早々と次の授業《じゅぎょう》の準備《じゅんび》を終え、今日の給食のメニューやら、先《せん》刻《こく》の先生の滑稽《こっけい》な板書ミスやらといった様々な話題に花を咲《さ》かせていく。

そんな中、二人の少女は机《つくえ》を間に挟《はさ》んで無言で向かい合っていた。

「…………」

「…………」

椅子《いす》を後方に向かせて在紗《ありさ》の机に肘《ひじ》をつきながら、美須々《みすず》が半眼で雑誌《ざっし》を捲《めく》っている。わざわざ自席の後ろに位置する机に雑誌を広げているのは、在紗にも誌面《しめん》を見せようという彼女なりの配慮《はいりょ》なのかも知れなかったが、ゲームソフトの紹介《しょうかい》記事を目に入れたところで、そういった娯楽《ごらく》に明るくない在紗には話題を広げようがなかった。結果、雑誌を捲る美須々と、無言でそれを眺《なが》める在紗という奇妙《きみょう》な構図《こうず》が出来てしまう。

とはいえ二人の場合、会話がなければ間が持たない、ということもない。友達であろうとしなくてもよい友達とでも言おうか。美須々には、そんな不思議な気安さがあった。

と、美須々がとあるページで手を止めたかと思うと、ふ、と息を吐《は》き出すとともに在紗に視線《しせん》を向けてきた。

「あー、これすごいつまんなかった。なんて言うの？　アレよ、クソゲー」

「……そうなの？」

言って、ページ右側に書かれた記事を示《しめ》してくる。ロールプレイングゲームと思《おぼ》しき画《が》像《ぞう》が数点と、短い紹介文が書かれていた。

皓成大付属小《こうせいだいふぞくしょう》は基本的《きほん》に学業に関係のないものの持ち込《こ》みを禁止《きんし》しているのだが、休み時間に読書するための本は例外的に認《みと》められている。在紗も雨の日などは小説や詩集を持ち込むことがあった。

美須々が読んでいるようなゲーム雑誌は対象外に思えるのだが……規定《きてい》には漫画《まんが》は禁止《きんし》という旨《むね》しか記されていないため、その間隙《かんげき》を突《つ》いて雑誌類を持ち込む輩《やから》が何名かいた。無論《むろん》発見されれば規定が改定されてしまうのは目に見えているので、取り扱《あつか》いには細心の注意を払《はら》っているらしいが。

「システムもキャラデザも及第点《きゅうだいてん》なんだけど、ストーリーがダメダメなのよね。主人公が異世界《いせかい》に召還《しょうかん》されて『おお、勇者よ！』なんて、何千億年前の話よって感じ」

「……ん、よくわかんないけど」

「あー、そっか。アリサ、ゲームなんてウチ来たときくらいしかやらないもんね。……なんて言うの？　アレよ、スレテオタイプっていうかさ、ベタベタっていうかさ、なんかもう手垢《てあか》付きまくりのパターンなのよね、これ。しかもそれで復活《ふっかつ》した魔王《まおう》倒《たお》して来いってんだからもう」

「あー……なんとなくわかった、かも」

在紗は頬《ほお》をかきながら浅く首肯《しゅこう》した。確《たし》かにファンタジーのストーリーと聞けば、誰《だれ》もが思い浮《う》かべる類《たぐい》の話だった。

「お姫様《ひめさま》が魔王に捕《つか》まってたり……とか？」

「そうそう、それもあったわ。もうネタで作ってるとしか思えないわよ。これで七千八百苑《えん》ってのは完全ボッタクリ」

ぶー、と不服そうに唇《くちびる》を突き出し、美須々が身体《からだ》を椅子の背《せ》に預《あず》ける。在紗は小さく苦《く》笑《しょう》しながら机上《きじょう》に置かれた雑誌を自分の側に向けると、そこに書かれている文章を読んでみた。記事を見るに、確かに美須々の意見は間違《まちが》っていないようであることが分かる。雑誌の編集者《へんしゅうしゃ》も苦心して紹介文を書いたのかも知れないが……オーソドックスとか、シンプルイズベストとか、王道であるとかという煽《あお》り文句《もんく》は、連ねて使うと誉《ほ》めているのだか貶《けな》しているのだかよく分からなくなってくるものだ。

でも、と在紗は小さく口を開いた。

「もし本当に異世界とか行けたら……こういうお話でもきっと面白《おもしろ》いよね」

美須々は不思議そうに眉《まゆ》を跳《は》ね上げたのち、数瞬《すうしゅん》考え込む仕草を見せてから、上体を在紗の方に動かしてきた。

「そりゃあねえ。実際《じっさい》にこんな話があったら、つまんないどころか超《ちょう》エキサイティングでしょうよ。あたしなんか興奮《こうふん》しっぱなしね。——ま、ほぼ間違いなく最初の雑魚敵《ざこてき》にやられておしまいだろうけど」

「う……それは、私も」

二人は顔を見合わせると、どちらからともなくクスクスと笑った。

「実際そうよね。一般《いっぱん》市民が急に召還されて勇者様気取れますかっての。……そうねえ、カルマさんくらいの騎士《きし》だったら話は別かも知れないけど」

「あはは……ねえさまだったら、魔王、倒せるかな」

「あー、もう瞬殺でしょ。あちょー」

言って美須々が小さなかけ声とともに上半身だけで奇妙《きみょう》な構《かま》えを取ってみせる。随分《ずいぶん》と間抜《まぬ》けな格好《かっこう》だが、格闘術《かくとうじゅつ》の構えに見えないこともない。

在紗は再《ふたた》び微笑《びしょう》すると、何とはなしに雑誌のページに触《ふ》れる。——と、その瞬間美須々が激烈《げきれつ》な速度で以《もっ》て雑誌を引ったくり、流れるような動作で椅子と自身を回転、自分の机の中にそれを乱雑《らんざつ》に押《お》し込んだ。

「……え？」

一瞬何が起こったのか分からず、頭上に疑問符《ぎもんふ》を浮かべる在紗。しかし美須々の奇行《きこう》の理由はすぐに知れた。彼女が本をアクロバティックに収納《しゅうのう》した直後、教室の扉《とびら》が開き、担《たん》任《にん》の安倉善子《あくらよしこ》教諭《きょうゆ》が顔を出したのだ。

「あ……」

次いで、二時間目開始のチャイムが鳴る。善子先生は希《まれ》にだが、チャイムの前に教室の扉を開くことがあった。

「……よくわかったね」

急いで自分の席に戻《もど》っていくクラスメートたちの慌《あわ》ただしい足音を聞きながら、在紗は囁《ささや》くように問いかけた。美須々はふふんと鼻を鳴らすと、

「上履《うわば》きと先生のサンダルとでは、微妙に音が違うのよね。……このスキルあったら、異世界行っても敵から逃《に》げるくらいは出来るかしら？」

言って、肩《かた》をすくめながら快活《かいかつ》に笑った。

◇

「おお、勇者よ！」

そう言った男は、王であった。

たとえば街頭に立って「王様の絵を描《えが》いてください」と蒼穹園《そうきゅうえん》国民百人に頼《たの》めば、九十人以上が迷《まよ》い無く描くであろう、金色《こんじき》の王冠《おうかん》を戴《いただ》き真紅《しんく》のマントを羽織《はお》った初老の男性《だんせい》である。無論口元には立派《りっぱ》な髭《ひげ》を蓄《たくわ》え、手には絢爛豪華《けんらんごうか》な装飾《そうしょく》が施《ほどこ》された錫杖《しゃくじょう》なぞ握《にぎ》っている。

人を見た目で判断《はんだん》してはいけないとはよく言うが、正直、胡散臭《うさんくさ》いとしか言いようがない容貌《ようぼう》であった。

駆真《かるま》は今自分の身に起こっていることをなんとか理解《りかい》しようと、必死に脳《のう》を働かせる。

今彼女が立っているのは、先ほどの薄暗《うすぐら》い空間ではなく、謁見室《えっけんしつ》のような部屋だった。最奥《さいおう》に玉座《ぎょくざ》が据《す》えられ、そこから長い赤絨毯《あかじゅうたん》が延《の》びている。彼女の両脇《りょうわき》には物々しい甲冑《かっちゅう》を着込んだ兵士たちや、厚《あつ》ぼったいローブの老人たちが整列し、異様《いよう》な空気をさらに助長していた。よく見ると、玉座に近い位置に先刻《せんこく》の女も立っている。

「――我《わ》がレーベンシュアイツは小国ながら、精霊《せいれい》と盟約《めいやく》を結ぶことによって盟術《めいじゅつ》の力を得た魔導《まどう》先進国である。……しかしある日突然《とつぜん》、その精霊たちの声が聞こえなくなったのだ――」

魔導とやらの説明は既《すで》に受けていた。確《たし》か世界に存在《そんざい》する幻素《げんそ》を、『手の平の中の奇跡《きせき》』に精製《せいせい》する技術《ぎじゅつ》という話だ。レーベンシュアイツの始祖《しそ》たちは空気中に漂《ただよ》う幻素を精霊と位置づけ、それと協力して『奇跡』を創《つく》り上げるという、極《きわ》めて効率《こうりつ》的な魔導の組み方を確立《かくりつ》したのであるという。

──話の内容《ないよう》は覚えているものの、正直、何を言っているのか理解出来ない。

駆真が考えを巡《めぐ》らせている間も、王は妙に説明臭い台詞《せりふ》を中断《ちゅうだん》しようとはしなかった。鬱陶《うっとう》しく思わないでもなかったが、少しでも情報《じょうほう》が入る可能性《かのうせい》があるのならば聞き逃《のが》すのは得策《とくさく》でない。片手間程度《かたてまていど》に耳を傾《かたむ》けつつ、現状《げんじょう》の把握《はあく》を続ける。

「今、このレーベンシュアイツは未曾有《みぞう》の危機《きき》に直面しておる……そう、千年の封印《ふういん》から目覚めた伝説の魔王、ルーン・ロヴァルツこそが、この精霊消失事件《じけん》の犯人《はんにん》だったのだ！」

そう、と言われても、何のことだかさっぱり分からない。駆真は苛立《いらだ》ちを抑《おさ》え込むように腕《うで》を組み、奥歯《おくば》を強く噛《か》んだ。

「生活に必要な動力の大半を精霊に頼《たよ》っていたレーベンシュアイツは混乱《こんらん》を極《きわ》めた……無《む》論《ろん》、軍備面《ぐんびめん》も例外ではない。魔王の部下たちが襲《おそ》ってきても、まともに応戦《おうせん》することすら出来ないのが現状だったのだ。しかし……アステナ」

「は……はいっ！」

王が言うと、傍《かたわ》らに控《ひか》えていた先刻の女が、緊張《きんちょう》のためか上擦《うわず》った声を上げて駆真の前に進み出た。

「――き、牙《きば》を奪《うば》われた我々《われわれ》は雌《し》伏《ふく》の時を過《す》ごしました。しかし今、我ら宮廷盟術師同盟《きゅうていめいじゅつしどうめい》は……く、空気中に僅《わず》か残った精霊たちを必死に集め、と、とうとう一つの『奇跡』を創り上げたのです。王家に古《いにしえ》より伝わる、い、異界の勇者を呼《よ》び寄《よ》せる盟術を！」

――ぴくり、と駆真のこめかみが動いた。

すぐ目の前で声を上げている女に鋭《するど》い視線《しせん》を向け、問いを発する。

「アステナといったな。一つ訊《き》くが」

「あ、はい。な、何でしょうカルマ様。旅立ちの日取りでしたらもう少しあとにお話し致《いた》しますが……」

駆真は意図して攻撃《こうげき》的な視線を作り、言葉を続けた。

「今までの説明は、悪人を倒《たお》すために、魔法のような力で別の世界から私を呼んだ、というように解釈《かいしゃく》していいのか？」

「ま、まさか！　悪人なんて可愛《かわい》いものではありません！　あ、あいつは、ロヴァルツは、生きとし生けるもの全《すべ》ての敵《てき》なのです！」

泣きそうな表情すら浮《う》かべてそう訴《うった》えるアステナ。しかし駆真はそれを冷めた目で一瞥《いちべつ》するにとどめ、これまた温度のない言葉で繰《く》り返す。

「重要なのはそこではない。私が聞きたいのは、おまえたちが、その魔王とやらを倒すた、め、に、私、を、呼、ん、だ、の、か、という点だ」

「え……は、はあ……そうなりますが……」

駆真は目を閉《と》じ、与《あた》えられた材料をもとに状況《じょうきょう》を理解した。意味不明な個所《かしょ》も多いが、今彼女が取るべき行動を絞《しぼ》り込むには十分だろう。

「断《ことわ》る」

「…………へ？」

「断る、と言った。すぐに私を元の場所へ帰せ」

まさか断られると思っていなかったのだろうか、王をはじめ部屋に並《なら》んでいた一団《いちだん》は、騒然《そうぜん》とした様子で駆真に視線を送ってきた。

「え、で……でも、レーベンシュアイツの危機なんですよ！　ロヴァルツを倒せなかったらこの国は……！」

「国一つくらい知ったことか。在紗のためなら世界も滅《ほろ》べ」

「え……だ、だって、カルマ様は勇者で……」

　駆真はアステナの襟首《えりくび》を摑《つか》むとそのまま絨毯の上に彼女を押しつけ、腰《こし》から抜《ぬ》いた二十四口径の自動拳銃《けんじゅう》〈漆黒少女《エボニーガール》〉をその側頭部に突《つ》きつけた。

「聞こえなかったか。なら耳の穴《あな》を増《ふ》やしてやるから今度こそきちんと聞き取れ」

「う、うきゃぁぁぁぁぁッ！　な、何ですかそれ！　私の頭に何か固いのがッ！」

「な、何をなさるのです勇者殿《どの》ッ！」

「アステナ！　アステナっ！」

「ま……まさか我らは、勇者ではなく第二の魔王を呼びだしてしまったのか！」

「い、言われてみれば、目が赤いところとかそこはかとなく魔王っぽい！」

　口々に叫《さけ》ぶ宮廷盟術師や兵士たちを無視し、駆真はより強く銃口を押しつけた。

　その鉄塊《てっかい》にどのような機能が備《そな》わっているかは知らないだろうが、駆真の刺《さ》すような殺気は感じ取れたのだろう。アステナがひぃいいいいい、と情《なさ》けない悲鳴を上げる。

「ご、ごめんなさいごめんなさいごめんなさいぃいいいぃ、なんかよくわかんないけどとりあえずごめんなさい……ッ！」

「謝《あやま》る必要はない。すぐに私を元の世界に戻《もど》せば何もしない。まだなんとか間に合う時間だ」

　言って、駆真はアステナを拘束《こうそく》したまま王に視線をやった。実際《じっさい》に駆真を召還《しょうかん》したのはアステナたちかも知れないが、ここでの最高責任者《せきにんしゃ》は間違《まちが》いなく玉座《ぎょくざ》に座する王であろう。ならば、彼の首を縦《たて》に振《ふ》らせればよいだけの話だ。

「し、しかし……」

「まずは小指か」

「あぁぁぁぁ、だから何なんですかそれ！　な、なんか冷たいですよ！」

「安心しろ。一瞬《いっしゅん》あとには熱くてたまらなくなる」

「いやぁぁぁぁ、やぁぁめぇぇぇぇてぇぇぇぇぇぇっ！」

「ア……アステナ！　わ、わかった、帰す！　君を元の世界に帰そう！」

駆真は王の言葉に「そうか」と淡泊《たんぱく》に答え、アステナの首筋《くびすじ》から手を離《はな》した。

ぜはー、ぜはー、と荒《あら》くなった息をなんとか整え、アステナが居住《いず》まいを正す。周りの面々もその様子に胸《むね》をなで下ろしたようだ。

「さあ、戻せ」

アステナの呼吸《こきゅう》が落ち着くのすら待たずに、腕組《うでぐ》みしながら駆真が言う。しかし、

「そ、それは……今すぐにはできないんですよぅ……」

眉《まゆ》を情けなく八の字に歪《ゆが》め、目にはうっすら涙《なみだ》さえ浮かべ、アステナが恐《おそ》る恐《おそ》るといった様子でか細い声を出した。

「どういうことだ」

「その……ですから、盟術を使うのに必要なレーベンシュアイツ国内の精霊《せいれい》たち――幻素は、全てロヴァルツが掌握《しょうあく》しているんですよぉ……ああ、あの、な、なんでまたその黒いの頭に押しあてるんですかカルマ様。い、いや、痛《いた》い、痛いですよぉ」

駆真は心の中で小さく舌打《したう》ちして、銃を収《おさ》めた。無論《むろん》気の方は一向に収まらないが、これ以上アステナをいじめても問題は解決《かいけつ》しないだろう。そこにだけは、冷静な指揮官《しきかん》・鷹《たか》崎《さき》駆真の判断力《はんだんりょく》が生きていた。

「私が元の世界に帰るためには、結局その魔王《まおう》を倒さねばならないわけか」

言葉を切って睨《にら》みをくれてやると、アステナは涙目でこくこくとうなずいた。

「今すぐ私をそいつの元へ連れていけ。今から三十分以内に片《かた》を付ければ、まだシャワーの時間はとれる」

「さ、三十分？　む、無理ですよいくらなんでも」

「そんなにそいつのいる場所は遠いのか」

「は、はあ……彼はここから北――隠者《いんじゃ》の樹海《じゅかい》に囲われた魔王城《じょう》にいます。そこには連れ去られた王女様も……」

「余計《よけい》なことはいい」

「は……はい、す、すいませんすいません……、え、ええと、それでですね、ここと魔王城の間にある隠者の樹海は、別名迷《まよ》いの森と呼《よ》ばれていまして……あ、あそこを抜けるためには盟銀《めいぎん》で作られた導《みちびき》の磁石《じしゃく》が必要で……」

「問題ない」

マーケルハウツの踵《かかと》を床《ゆか》に打ち付け、駆真は鼻を鳴らした。そう、その問題は、天駆機関《てんくきかん》を持つ彼女にとってさしたる壁《かべ》とは成り得ない。

「ま、待って下さい！　勇者様はこれから諸島《しょとう》を巡って、仲間を集めないといけないんです！　で、伝承《でんしょう》によれば魔王を倒すのに必要なメンバーは、勇者、盟術師、戦士、盗賊《とうぞく》……」

がしゃん、と拳《こぶし》を机《つくえ》に叩《たた》き付ける。

「ひいッ……ごごめんなさい……ッ！　でも、たとえ城《しろ》に着いたとしても、相手は国中の精霊を掌握した魔王ですよ！　そう簡単《かんたん》に勝てるはずがありませんっ！」

「私が負けると」

「い、いえ、ゴメンナサイ……」

またもアステナが頬《ほお》に汗《あせ》を流しつつ後ずさる。

と——そのときであった。

部屋を、爆音《ばくおん》と震動《しんどう》が襲《おそ》ったのは。

「――――っ」

震度七の地震もかくやというほどの強烈《きょうれつ》な衝撃《しょうげき》に、壁が、床が、天井《てんじょう》が揺《ゆ》さぶられ、辺りから建材に亀裂《きれつ》が入る音や、梁《はり》の落ちる音が響《ひび》いてくる。しかしその震動は長くは続かず、すぐに部屋は平静を取り戻した。

だが無論、静謐《せいひつ》となったのは建物のみである。部屋に集まっていた面々は、顔面を蒼白《そうはく》に染《そ》めたり、周囲を気にせずわめき散らしたりと、思い思いの行動をとっていた。王などショックのためにか玉座の前にへたり込《こ》んでいる。どうやら腰《こし》を抜《ぬ》かしたらしい。

「な――何が……一体何がッ！」

蒼白組であるアステナが、今さらながら両手で頭を覆《おお》いながら叫《さけ》ぶ。しかしその声は、本当に何が起こったかわからない、というよりも、漠然《ばくぜん》とだが原因《げんいん》に予測《よそく》がついているという感が含《ふく》まれていた。

「……自然の揺れではない。人為《じんい》的なものだ」

駆真の言葉に、アステナはやはり顔をうつむかせる。彼女も気づいているのだろう――この城が何者かに攻撃《こうげき》されたということに。そして、それが誰《だれ》の手によるものかということに。

「………ロヴァルツです。……間違い、ありません。精霊の力無しにこんなことは不可《ふか》能《のう》です」

「今ここに来ているということか？」

「いえ……多分、本人は魔王城に……。彼ほどの力を持ち、しかも国内の精霊を全《すべ》てその手に収めているならば、これくらいの遠距離《えんきょり》攻撃は可能だと思います……」

「そうか」

駆真はアステナを無理矢理《むりやり》立ち上がらせると、顎《あご》で扉《とびら》を示《しめ》した。

「魔王城とやらに案内しろ。それしか方法がないのなら、今は不満は述《の》べない」

「い、いや、ですから……今の攻撃で魔王の力がわかったでしょう？　そう簡単には……」

「くどい」

「は……はい、わ、わかりました。今すぐ案内しますから、そそその首にかけた手を外してくださいいいい……」

また建物が崩《くず》れると思っているのか、両手で頭部を覆うような格好《かっこう》で、アステナは駆真を先導《せんどう》し城の外へと向かっていく。

それなりに巨大《きょだい》な城ではあったようだが……駆真とアステナは、存外《ぞんがい》早く外に出ること

らだ。

が出来た。

部屋を出てすぐの、豪奢《ごうしゃ》な装飾《そうしょく》が施《ほどこ》された廊下《ろうか》の壁が、見る影《かげ》もなく破壊《はかい》されていたか

「ひどい……」

外に出たアステナは、さらに眉《まゆ》を歪《ゆが》めた。

中庭と思《おぼ》しきエリアが、滅茶苦茶《めちゃくちゃ》に破砕《はさい》されている。石材は崩れて辺りにその残骸《ざんがい》を散らし、つい数分前までは見事な花を咲《さ》かせていたであろう広大な花壇《かだん》は炎《ほのお》に呑《の》まれていた。この中庭を心血注《そそ》いで作り上げた庭師《にわし》に見せたなら、何の冗談《じょうだん》でもなく発狂《はっきょう》してしまうやも知れない惨状《さんじょう》である。無論《むろん》、駆真にとってはどうでもいいことだったが。

しかしアステナにとってそれはよほどショッキングな光景であったらしい。その場にがくりと膝《ひざ》をつき、呆然《ぼうぜん》とした感で辺りを見回——そうとしたのだが、もちろんそんなことは駆真が許《ゆる》さなかった。すぐに首根っこを掴み、地面に沈《しず》みたがる彼女に無理矢理二足歩行を維持《いじ》させる。

「時間がないと言ったはずだ。哀《かな》しみにくれるのは結構《けっこう》だが私に迷惑《めいわく》をかけるな。私を元の世界に送り返したあとで存分に泣け。自由に苦しめ。好きに自殺しろ」

「え……いえ、自殺はする気ないですけど……」

駆真は弱々しい抗議《こうぎ》の声など気にする素振《そぶ》りも見せずにゴーグルを装着した。アステナの後ろに立ち、彼女の腋《わき》に両腕《りょううで》を差し入れる。

「わきゃッ……な、なにを……？」

「行くぞ。魔王城《まおうじょう》の方角はどちらだ」

「え、ええと、ここから南西ですけど……」

「そうか」

短く答えると、駆真は両脚《りょうあし》と両腕のマーケルハウツを〈浮《フロート》〉駆動《くどう》させた。両手で抱《かか》え込んだアステナごと、ゆっくりと上昇《じょうしょう》していく。

「う、うひゃへひぃひょぉぉぉあぁおあぁぁっぁぁぁッ！」

アステナが珍奇《ちんき》な悲鳴を響かせながら、両手両脚をばたばたと動かす。

「静かにしろ。落ちるぞ」

「だ、だって……せ、精霊《せいれい》の力がないのになんで浮遊《ふゆう》なんて『奇跡《きせき》』が……っ！」

「黙《だま》れと言った。警告《けいこく》はここまでだ」

「は……はひ」

大人しくなったアステナの身体《からだ》を揺らしながら、駆真はさらに天駆機関を上昇させた。そして背《せ》の高い建物や樹木《じゅもく》に触《ふ》れる心配のない高度にまで達してから上体を倒《たお》し、足を縮《ちぢ》める。

その駆真の動作に、何をするのかを漠然と感じ取ったのだろう、アステナが、静粛《せいしゅく》の禁《きん》を破《やぶ》って細々とした声を出した。

「あのぉ……私、マントの下はローブなんですけど、ええと、下から見ると、その……」

言って、恥《は》ずかしそうに足をすり合わせる。

「問題ない。よほど動体視力《しりょく》の優《すぐ》れた人間が下にいない限《かぎ》りはな」

「え……えーと……それって」

「喋《しゃべ》っていると舌《した》を噛《か》むぞ」

足を伸《の》ばすと同時、マーケルハウツを〈翔《ソア》〉駆動させる。

「あッきゃぁぁぁぁぁぁぁぁぁぁぁぁぁぁぁぁ――――」

アステナの叫《さけ》びは、後半にいくにつれて駆真の耳には届《とど》かなくなっていった。彼女が声を出すのを止めたのかも知れないし、耳元を過《す》ぎていく超高速度《ちょうこうそくど》の風に、その音声が阻《はば》まれてしまったのかも知れない。――恐《おそ》らくは後者だろう。

しかし駆真にスピードを緩《ゆる》める気などはない。それどころか、両脚に装塡《そうてん》されている推《すい》進剤《しんざい》を使い切ってしまうような勢《いきお》いをまったく殺すことなく、〈翔《ソア》〉駆動を続けた。

「魔王城――あれか」

駆真が憔悴《しょうすい》しきった様子を見せるアステナに言うと、彼女は吐《は》き気を飲み込むような仕草を見せたあと、なんとか首を縦《たて》に振った。

「よし」

言って天駆機関の駆動を〈浮《フロート》〉に切り替《か》え、空中で身体を起こす。

樹海の上空をわずか十分程度《ていど》で抜《ぬ》けた駆真とアステナの眼下《がんか》には、蔦《つた》と苔《こけ》だらけの巨大《きょだい》な城壁《じょうへき》が聳《そび》えていた。内側には幾本《いくほん》もの尖塔《せんとう》が剣山《けんざん》のように建ち並《なら》び、禍々《まがまが》しいシルエットを描《えが》いている。そしてそれらの中央に、一際《ひときわ》大きな居館《パレス》のような建物が確認《かくにん》できた。

「それで、魔王とやらはどこに居《い》るんだ」

「は……はい、多分、中央の居館《きょかん》に……」

「そうか」

ならばいちいち城門から入ってやる道理はない。駆真は再《ふた》び足を縮めると、天駆機関を〈翔《ソア》〉にセットし、城壁を越《こ》えるために空を蹴《け》った。

しかし。

「――ッ、なに――？」

ちょうど城壁の真上に差し掛《か》かったときであろうか、駆真は見えない壁に激突《げきとつ》したかのような衝撃《しょうげき》を感じ、天駆機関を〈停《ステイ》〉に切り替えた。

訝《いぶか》しげに目を細め、何もないはずの空間を爪先《つまさき》でつついてみる。と、まるで石造《いしづく》りの壁を蹴っているかのような硬《かた》い感触《かんしょく》が、マーケルハウツ越しに駆真の足に届いた。

「アステナ、なんだこれは」

「……ん、――っ、…………え、ええと……」

問うと、アステナが鼻水を啜《すす》るような音を立ててから返してきた。よく見ると、その両目には涙《なみだ》が溜《た》まっている。おそらく駆真に抱えられるような格好《かっこう》になっていたので、見えない壁に顔からぶつかってしまったのだろう。

「わ……私たちの扱《あつか》う盟術《めいじゅつ》とは組成が違《ちが》うので詳《くわ》しいことまではわかりませんが……おそらく、結界構築系《こうちくけい》の盟術に近いと思います。こ、これほど広範囲《こうはんい》のものを形作るのには相当量の精霊が必要になりますが……今の魔王になら容易《たやす》いことでしょう……」

「……面倒《めんどう》な」

忌々《いまいま》しげに吐き捨《す》てて、駆動を〈着《タッチ》〉へ。城壁のすぐ近くに着地し、アステナの腋から手を抜いた。

まこと腹立《はらだ》たしいが、空中からの侵入《しんにゅう》は難《むずか》しそうだ。仕方なく、駆真は自分の身の丈《たけ》の五倍はあろうかという巨大《きょだい》な城門に視線をやった。

苔生《こけむ》した石材の壁に、堅牢《けんろう》そうな鎧戸《よろいど》が隙間《すきま》なく設《しつら》えられている。お世辞にも素敵《すてき》な趣《しゅ》味《み》とは言い難《がた》いが、見る者に威圧《いあつ》を与えようというのが城主の意図ならば、これほどの成功例を他《ほか》に挙げるのは困難《こんなん》を極《きわ》めるだろう。それを示《しめ》すように、城《しろ》を見たアステナは、傍《はた》目《め》にも容易《ようい》に知れるほど露骨《ろこつ》に足を震《ふる》わせていた。

「ほ、ほほほほんとに行くんですかカルマ様……」

「当たり前だ。私は早く蒼穹園に帰らなければならない」

「で、でも、なんの準備《じゅんび》もせずいきなり——ひッ！」

アステナの言葉は、突如響《とつじょひび》いた雷《かみなり》の音によって遮《さえぎ》られた。

そう、まだ日の高い時刻《じこく》であるというのに、魔王城《まおうじょう》の周囲だけは外界から切り取られたかのように分厚《ぶあつ》い暗雲に覆《おお》われ、時折雷鳴《らいめい》さえ響かせていた。

駆真はふと、後方を向いた。本来ならば長い時間をかけて通り抜けねばならなかったはずの隠者《いんじゃ》の樹海は、城の上空ほどではないにしろ薄暗《うすぐら》く、霧《きり》がかかっているように見える。

もしかしたら、これらも魔王とやらの力なのかも知れなかった。

そう考えると、なるほど隠者の樹海とは、地を行く者にとってはさぞ険《けわ》しい関門に違いない。アステナの話によれば、その致命《ちめい》的な見通しの悪さに加え、森の中には凶暴《きょうぼう》な野獣《やじゅう》や毒虫などが跋扈《ばっこ》し、城への道を阻んでいるのだという。

──無論《むろん》、それらを眼下《がんか》に据《す》えて空を舞《ま》う駆真には、どれもこれもさして関係のないことではあったのだけれど。

「──それで。城内に入る方法は？」

「……え？　あ、え、ええと、いや、その……」

駆真の問いに、アステナが肩《かた》を震わせ、目を泳がせながら返す。

「方法は？」

「えとですね……あ、その ぉ……」

「なんだ」

「いや……あの……わからな、え、いや、なんでまたその黒いのこっちに向けるんですか……？　い、いや、怖《こわ》い、怖いですからッ！」

情《なさ》けない叫《さけ》びとともに、アステナが頭を押《お》さえてうずくまる。駆真は小さく舌打《したう》ちして銃《じゅう》を仕舞うと、役立たずから目を外して再《ふたた》び鈍色《にびいろ》の門を睨《ね》め付けた。

と──

「────ん？」

駆真はその異変《いへん》に眉《まゆ》をひそめた。

とはいえそれも仕方のないことだろう。何しろ地響きにも似《に》た重苦しい音と悲鳴じみた甲高《かんだか》い軋《きし》みを響かせて、城門がゆっくりと開いていったのだから。

永《なが》らく手入れされていなかったことを示すように随所《ずいしょ》からぱらぱらと砂《すな》が落ち、絡《から》みついていた蔦《つた》が順に石畳《いしだたみ》に横たわっていく。反射的《はんしゃ》に周囲と、門の内側に視線《しせん》を巡《めぐ》らすが、門を開けたと思《おぼ》しき人影《ひとかげ》はない。門自体に何らかの仕《し》掛《か》けがあったのかも知れないし、魔王の力なのかも知れなかった。

「……ふん、随分《ずいぶん》と丁寧《ていねい》な応対《おうたい》だな」

門から覗《のぞ》く城内の様子は、寂《さび》れた廃城《はいじょう》そのものである。目に入るものは、あちこちが崩《くず》れ、随所から雑草《ざっそう》の生えた石畳くらいのものだった。

開門と同時に駆真の背《せ》に隠《かく》れていたアステナが、そろそろと顔を出して、辛《かろ》うじて窺《うかが》い知れる城内に視線を送る。そして例の如《ごと》く震えた手で駆真の服の裾《すそ》を引っ張《ぱ》った。

「ど、どど、どう考えても罠《わな》ですって……やっぱり一旦《いったん》帰りましょうよ……！　退《ひ》くことも勇気だって、昔の偉《えら》い人が言ってた気がします……！」

無論そんな言葉が駆真の耳に入るはずもない。彼女は微塵《みじん》も迷《まよ》いなく、城内に続く石畳の上に金属音《きんぞくおん》を響かせた。

「ま、待ってくださいぃぃ……！」

情けない声を上げながら、アステナが駆真の背にぴったりとくっついてくる。少々鬱陶《うっとう》しく思った駆真ではあるが、別段《べつだん》気にするほどのことでもあるまい。

嘲《あざけ》りと呆《あき》れを含《ふく》んだ吐息《といき》をして、駆真はアステナを引きずるような格好のまま歩みを進めた。門を通り抜《ぬ》け、城内へと入る。

その瞬間《しゅんかん》、轟音《ごうおん》を伴《ともな》って、今潜《くぐ》ってきた城門がぴたりと閉《と》ざされた。

「ひ、ひぃぃぃッ！」

「少し黙《だま》れ」

「で……でも、でもッ！　逃《に》げ道が塞《ふさ》がれちゃいましたよ……！」

「問題ないだろう。初めから逃げる気などない」

「そ、それは、て、ええ、えええええええッ！」

アステナの悲鳴に弾《はじ》かれるように、頭を居館の方へと向ける。

先程《さきほど》城門から内部を窺ったときは、生物の気配など影も形もなかったはずである。しかし今そこには、鈍重《どんじゅう》そうな甲冑《かっちゅう》で全身を固めた兵士たちがずらりと整列していた。

「……何だ、あいつらは」

「ま、魔王の配下の虚兵《きょへい》たちですっ！」

「虚兵？」

「う、動く鎧《よろい》のことです！　おお、おそらく……ッ、魔王の幻術《げんじゅつ》か何かで今まで隠れていたんですよ……！」

駆真は舌打ちとともに、眼球運動のみで敵勢《てきぜい》を見渡《みわた》した。城門を抜けた駆真たちを囲うようにして、少なく見積もっても百人以上の兵士たちが凶悪《きょうあく》な形の剣《けん》を構《かま》えている。

「ほほ、ほら、ややややっぱり罠だったじゃないですかどうするんですかどうしてくれるんですかカルマさまふぉぐッ！」

耳障《みみざわ》りな悲鳴を拳《こぶし》一発で解消《かいしょう》し、駆真はすっかり大人しくなったアステナの身体《からだ》を再度《さいど》抱《かか》えると、天駆機関を〈浮《フロート》〉駆動《くどう》させる。

その甲冑に感情《かんじょう》があるのかは知らないが、前方の兵士たちが驚《おどろ》いたように頭部を少し揺らした。

指揮官《しきかん》らしき鎧が剣を駆真に向ける。途端《とたん》、轟声《ごうせい》を上げて虚兵たちが一斉《いっせい》に突撃《とつげき》してきた。

「ふん」

普通《ふつう》の人間であれば怯《ひる》んでその場に立ちつくしてしまうであろう迫力《はくりょく》の中、駆真は毛ほどの動揺《どうよう》もなく空中へと舞い上がった。今まで駆真が居《い》た地点に敵意《てきい》の滲《にじ》んだ刃《やいば》が殺到《さっとう》し、けたたましい音を鳴らす。

駆真はアステナを小脇《こわき》に抱えたまま〈翔《ソア》〉、辺りの兵士や左右の尖塔《せんとう》には目もくれずに、魔王《まおう》が居るという居館を目指す。短剣《たんけん》を投擲《とうてき》してくる敵もいたが、そんなものが駆真に命中するはずもない。優雅《ゆうが》さすら伴《ともな》わせてそれらをかわし、一直線に目的地へと飛ぶ。

とはいえ、居館の扉《とびら》は地上に存在《そんざい》している。その前に並《なら》んだ兵士たちはどうしても無視《むし》できなかった。

「退《ど》け!」

言っても聞くはずがないことは分かっている。それは自らの攻撃《こうげき》の合図という感が強かった。その一喝《いっかつ》とともに右足を水平に走らせ、扉の前の兵士二人を、構《かま》えた剣ごと真横に吹《ふ》き飛ばす。

そのまま勢《いきお》いを殺さず身体を一回転させ、居館の扉に踵《かかと》を突《つ》き立てる。木製《もくせい》の扉はその衝撃《しょうげき》に耐《た》えきれず、すぐさま無数の破片《はへん》となった。

「あぃたたたたッ!」

飛び散ったそれらを顔面に受けたらしいアステナが騒《さわ》ぐが、駆真はまるで気にせず居館の内部へと身を躍《おど》らせた。その際《さい》アステナを抱えている腕《うで》に重い手応《てごた》えを感じ、「ぐえっ」とか「おごっ」とかいう苦悶《くもん》が聞こえた気もしたが、あまり気にすることもないだろう。

居館の中は完全な漆黒《しっこく》ではないものの、辛《かろ》うじて歩行できる程度《ていど》の照明が設《しつら》えられているだけである。広い廊下であるということだけはわかるが、細かな装飾や奥の様子などはまるで窺い知れなかった。

しかしそこで止まっているような余裕《よゆう》はない。駆真は天駆機関を再度〈翔《ソア》〉にセットすると、黴臭《かびくさ》い空気を裂《さ》いて居館の奥へと舞《ま》った。

居館の内部になんらかの罠が仕《し》掛《か》けられている可能性《かのうせい》も確《たし》かにあったが、今最も恐《おそ》ろしいのは、落とし穴《あな》や吊《つ》り天井《てんじょう》のようなトラップでも、広間に待ち構える幾百《いくひゃく》の敵でもなく、行き着いた先に魔王が居ない、という事態《じたい》であった。

城内《じょうない》のどこかにいるのであればまだいいが、これ見よがしに駆真らを誘《さそ》い込《こ》んでおいて、本人はまったく別の場所にいる、という可能性も、決してゼロではない。もしそうであった場合、駆真はやつあたりのためアステナを徹底《てってい》的にぼこぼこにせざるを得ないだろう。

アステナがびくっと身体を震《ふる》わせるのが腕に伝わる。駆真の思考が漏《も》れ出たのかとも思ったが、どうやら原因《げんいん》は別にあるらしい。駆真は前方――アステナの視線の先を見た。

長い廊下の最奥《さいおう》。そこに、禍々《まがまが》しい悪魔像《あくまぞう》を両脇《りょうわき》に従《したが》えた扉があった。

「――っ、造《つく》りからして、おそらくここが謁見《えっけん》の間です……」

「…………」

無言で着地し、アステナを解放《かいほう》する。彼女はその場にへたり込むと、右手で顔面、左手で腰《こし》を押さえ、ついでになにやら吐《は》き気を堪《こら》えるような声を漏らした。

後方を見るが、居館の外でひしめいていた兵士たちは一人も確認《かくにん》できない。足音すらしないところを見ると、居館に入ってすらいないようである。もしかしたら、ここに足を踏《ふ》み入れることを魔王に許《ゆる》されていないのかも知れない。無論《むろん》、駆真たちが誘い込まれただけという可能性もあったのだが。

それらの懸念《けねん》をすべて放《ほう》って、駆真は扉を押し開けた。

アステナの言葉通り、扉の向こうは謁見の間であったようだ。広間のように開けた空間に、城主の権威《けんい》を示《しめ》すためにか、豪奢《ごうしゃ》な装飾が施《ほどこ》された照明が提《さ》げられている。

壁《かべ》、床《ゆか》、天井も同様に、規則《きそく》的な図案や細緻《さいち》な彫刻《ちょうこく》などで飾《かざ》られ、天井付近には、時折外の雷光《らいこう》を屋内に届《とど》けるステンドグラスがはまり込んでいた。もっとも、それが形作っているのは天使や聖者《せいじゃ》などではなく、竜《りゅう》と悪魔の混《ま》じったようなよくわからない生物だったのだけれど。

そしてその部屋の奥、数段《すうだん》床が高くなった場所に、一際煌《ひときわきら》びやかな細工の施された玉座《ぎょくざ》が設えられていた。

そこに。

彼は、いた。

「──ま、魔王、ルーン・ロヴァルツ……っ」

アステナが今までにない戦慄《せんりつ》した調子で言い、駆真の腰元にしがみついてくる。

駆真は鬱陶《うっとう》しげに彼女の頭を押しのけながらも、前方に超然《ちょうぜん》と腰掛《こしか》ける男を睨《にら》み付けた。

魔王、という呼称《こしょう》から、もっと化け物じみた容姿《ようし》を想像《そうぞう》していたが、外見は人間とさほど変わらなかった。これならば空獣《エア》の方がよほど異形《いぎょう》と言えるだろう。

左頬《ひだりほお》に隈取《くまど》りのような紋様《もんよう》を持った、浅黒い肌《はだ》の男である。側頭部からねじくれ曲がった角が生えているのが、ヒトとの決定的な違《ちが》いだった。漆黒の外套《がいとう》に身を包んだその姿《すがた》は、ともすれば闇《やみ》に溶《と》け込んでしまいそうですらある。

「──我《わ》が精鋭《せいえい》たちを退《しりぞ》けてここまで辿《たど》り着くとはな。

誰《だれ》かと思えば、レーベンシュアイツの盟術師《めいじゅつし》か」

底冷えするような声が、大気を静かに震わせる。

魔王はアステナの正体を察すると途端《とたん》興味《きょうみ》を失ったように、今度は駆真に視線を這《は》わせてきた。よく見ると、白目と黒目の色が反転しているかのような、不気味な色味の眼《め》をしている。

「貴様《きさま》は──何者だ」

「こ、ここここの方は、異界より、お、おまえ、ええと、あの、その、あ、あなたを倒《たお》すために我《われ》らが召還《しょうかん》した勇者、カルマ様……だっ！　で、です……！」

魔王《おう》に応じたのは、駆真ではなくアステナだった。もっとも、その台詞《せりふ》は強気なのか弱気なのか分からないようなものだったのだけれど。

「……勇者、だと──？」

傍目《はため》にも容易《ようい》に知れるほど、魔王の顔が歪《ゆが》む。

「不愉快《ふゆかい》な。悠久《ゆうきゅう》にも近い封印《ふういん》からようやく目覚めたというのに、斯様《かよう》に早くその名を耳にするとは」

忌々《いまいま》しげに眉根《まゆね》を寄《よ》せ、駆真への視線《しせん》をさらに鋭《するど》いものにする。

しかし駆真はその獲物《えもの》を射竦《いすく》めるような眼光《がんこう》の中心に据《す》えられてなお、身じろぎ一つしなかった。その代わりに、彼女の背《せ》に隠《かく》れていたアステナはとうとう立っていることすらできなくなってしまったらしい。その場に臀部《でんぶ》をつけ、先ほどよりも数倍激《はげ》しく全身を震わせている。もし前方に駆真が立っていなかったのなら、そのまま失禁《しっきん》していたかも知れない。

そんなアステナを一瞥《いちべつ》してから、駆真は魔王と視線を混《ま》じらせる。二対《つい》の眼から発せられる異様な気迫《きはく》は、二人の中央で化学反応《はんのう》でも起こしたかのように混沌《こんとん》となって、部屋中に緊迫《きんぱく》した空気を撒《ま》き散らした。

「解《げ》せぬな」

その緊張感《きんちょう》の中、先に口を開いたのは魔王だった。深く吐息《といき》すると、駆真に向けた視線はそのまま、軽くあごを上方へやる。

「かつての勇者もそうであった。何故《なぜ》そこまで盟術師どもに肩入《かたい》れする。正義《せいぎ》か？　使命か？　ふん、そのような問答は千年昔に飽《あ》い――」

魔王の言葉は、途中《とちゅう》で止められた。

理由は至極単純《しごくたんじゅん》。駆真が一瞬《いっしゅん》のうちに魔王との間合いを詰《つ》め、彼の脇腹《わきばら》に天駆機関の一《いち》撃《げき》を叩《たた》き込んだからだ。小型空獣《エア》の頭蓋程度《ずがいていど》なら一撃で割《わ》る威力《いりょく》を持つ脚蹴《きゃくしゅう》は、魔王の身体《からだ》を速《すみ》やかに玉座から追放し、精緻《せいち》な彫刻が施された壁に叩き付けた。

「か――カルマ様ッ！」

「――ふん」

敵《てき》を前に口上を垂《た》れるなど愚《ぐ》の骨頂《こっちょう》だ。相手が存在《そんざい》するその瞬間から、戦闘《せんとう》は開始している。

まるで騎士《きし》とは思えない戦法ではあるが、誇《ほこ》りよりも生きることを、そしてそれよりも姪《めい》の在紗を優先《ゆうせん》する駆真にとって、卑怯者《ひきょうもの》の誹《そし》りなどさしたる痛痒《つうよう》にもなりはしない。だから駆真はこの奇襲《きしゅう》も、何に恥《は》じるでもなく誇ってみせた。

しかし、相手は仮《かり》にも魔王の名を持つ男である。苦悶《くもん》に顔を歪《ゆが》め、髪《かみ》を乱《みだ》しつつも、すぐに壁に手をつき立ち上がった。憎々《にくにく》しげに駆真を睨み、唇《くちびる》に滲《にじ》んだ血を指で拭《ぬぐ》い取る。

「……微塵《みじん》もためらいのない見事な奇襲だ。まるで勇者とは思――」

無論《むろん》、駆真は言葉の終わりを待ちはしない。魔王が完全に体勢《たいせい》を立て直す前に天駆機関を〈翔《ソア》〉駆動《くどう》させ目標に接近《せっきん》、再度《さいど》その頭部に蹴《け》りを見舞《みま》う。

「ぐ――ッ」

しかし今度は魔王も身構《みがま》えていたのだろう、首を巧《たく》みに反《そ》らし、鎚《つち》のような脚蹴の威力を殺す。

駆真は脚に伝わる感覚でそれを察すると、即座《そくざ》に噴出口《ふんしゅつこう》の角度を変え、全身を折り畳《たた》むように下方へとやった。そしてまたも〈翔《ソア》〉、魔王のあごを蹴り上げる。

「――っ、な――」

これは魔王も避《よ》けきれなかったらしい。駆真は短い驚愕《きょうがく》を聞きながら彼の頭を撥《は》ね上げた。

ここで相手を休ませるのは得策《とくさく》でない。駆真は素早《すばや》く身をひねって地に足をつけると、今度は両手の天駆機関を〈翔《ソア》〉、魔王の腹部《ふくぶ》に拳《こぶし》を打ち込む。

が――魔王も大人しく駆真の猛攻《もうこう》を受け続けるほど甘《あま》くはないらしい。駆真が体勢を戻《もど》

す瞬間を狙《ねら》ってその場を離脱《りだつ》する。そしてその際《さい》何かを呟《つぶや》いたかと思うと、彼の両手の指全《すべ》てに淡《あわ》い光が灯《とも》った。

「調子に――ィ……………乗るなぁァッ！」

魔王が裂帛《れっぱく》の気合いとともに両手を勢《いきお》いよく振《ふ》り上げる。するとその指先から光が放たれ、十の線となって駆真に襲いかかってきた。

「――――っ」

迷《まよ》わずマーケルハウツを〈翔《ソア》〉、後方に飛び退《の》く。十の光線のうち五本が今居《い》た場所に突《つ》き刺《さ》さり、石造《いしづく》りの床《ゆか》を破片《はへん》に変えた。その光の破壊力《はかいりょく》を示《しめ》すように、派手《はで》に粉塵《ふんじん》が巻《ま》き上がる。

しかし光線はもう半分残っていた。砂煙《すなけむり》を裂くようにして迫《せま》り来る強襲者《きょうしゅうしゃ》たちは、それぞれ異《こと》なった形の軌跡《きせき》を描《えが》きながら駆真に向かって猛進《もうしん》する。

「ち――」

加減速《かげんそく》を複雑《ふくざつ》に繰《く》り返しながら、部屋中を飛び回る。駆真は軌道の異なる光線群を巧みに誘導《ゆうどう》すると、先ほどの要領《ようりょう》で壁《かべ》、床、天井《てんじょう》に自分の身代わりをさせていった。一度感覚を掴《つか》んでしまえば、千を越《こ》える空獣《エア》の隙間《すきま》を縫《ぬ》って空を舞う駆真にとってはさほど難《むずか》しい作業でもない。順調に最後の一条《ひとすじ》を壁に誘《さそ》い込み、爆散《ばくさん》させる。

だが、魔王もそれを悠長《ゆうちょう》に見ているだけではなかった。駆真が全《すべ》ての光線を無力化する十秒ほどのわずかな間に、彼の手には先ほどよりも遥《はる》かに巨大《きょだい》な光の塊《かたまり》が出現《しゅつげん》している。

小さく魔王の口が動く――「終わりだ」。

魔王が両手を駆真に向けると、その手に集積されていた光が、凄《すさ》まじい奔流《ほんりゅう》となって襲いかかってきた。先ほどの光線で砕《くだ》け落ちた天井の破片がそれに触《ふ》れた瞬間、音もなく消《しょう》滅《めっ》する。

駆真は舌打《したう》ち一つをその場に残し、天駆機関を駆動させた。まさに目前――髪《かみ》の端《はし》が焼かれるような距離を、巨大な光柱が通り抜《ぬ》けていく。

首を捻《ひね》り、魔王の方を向く。彼は光を放った姿勢《しせい》のままこちらを向いていた。まだ追撃のための光を出現させられてはいない。

好機――しかし、駆真も無理な回避《かいひ》運動のため、不自然な姿勢になってしまっていた。加え、存外魔王との距離が離《はな》れている。速攻《そっこう》の攻撃《こうげき》を仕掛《しか》けるにはあまりに不利だった。

駆真は瞬《まばた》きほどの時間で感覚的にそれを悟《さと》ると、即座に腰《こし》から銃《じゅう》を抜き、魔王に向かって引き金を引いた。

無論、もともと射撃《しゃげき》が不得手である駆真が、今の状況《じょうきょう》で命中させられるはずはない。しかし魔王の足下《あしもと》に火花を散らした銃弾《じゅうだん》は、一瞬《いっしゅん》彼の気をそちらに向けさせることに成功した。

「ッ！」

その刹那《せつな》の隙《すき》に身体《からだ》の向きを変え、駆真は一直線に魔王へと向かった。そしてその側頭部に、今までで最も加速をつけた一撃を見舞う。

「――っく――ァ！」

苦悶《くもん》とともに、数メートル先まで魔王が吹《ふ》き飛ぶ。駆真はその後を追い、天駆機関の踵《かかと》で仰《あおむ》向けに倒《たお》れた彼の胸《むね》を踏《ふ》みつけると、眉間《みけん》に〈漆黒少女《エボニーガール》〉を向けた。

「カルマ様！」

後方からアステナが走り寄《よ》ってくる。駆真が煩《わずら》わしげにそちらを一瞥《いちべつ》すると、それに合わせたように甲冑《かっちゅう》に包まれた脚《あし》に、微弱《びじゃく》な震動《しんどう》が伝わってきた。

――魔王が、笑っている。

「――ふ、ふふ。なかなかやるではないか」

軽く首を起こし、自分から額《ひたい》を銃口に近づけさせるような格好《かっこう》で、狂喜《きょうき》にも似《に》た笑《え》みをさらに濃《こ》くする。

「それでこそ私も本気でやれるというもの――！」

「――ッ！」

突然《とつぜん》魔王の全身が白く光り輝《かがや》いたかと思うと、駆真の身体は彼の身体から発された強烈《きょうれつ》な衝撃波《しょうげきは》によって後方へと吹き飛ばされた。

「く……！」

「ひぁぁぁぁぁッ！」

なんとか空中でバランスをとって着地する。ちなみにアステナは駆真のさらに数メートル後ろに顔からダイブした。

「ふ、は、は、は」

魔王の笑いが途《と》切《ぎ》れることなく謁見室《えっけんしつ》に響《ひび》き渡《わた》る。

やがて魔王の身体の光が消え、その姿が再《ふたた》び鮮明《せんめい》に見えるようになっていった。駆真は違《い》和《わ》感に眉《まゆ》をひそめる。明らかに、魔王の容貌《ようぼう》が先ほどと違《ちが》って見えた。肩《かた》は鎧《よろい》さながらに隆起《りゅうき》し、背《せ》からは翼《つばさ》、臀部《でんぶ》からは尾《お》まで生えている。口は耳まで裂《さ》け、額《ひたい》からは新たな角《つの》が出現し、禍々《まがまが》しい雰囲気《ふんいき》を放ちながらも人間のものと認識《にんしき》できていた顔は、真に化け物じみた様相を呈《てい》していた。

「……なんだ、あれは」

「だ……第二形態《けいたい》です……！　千年前に魔王を封印《ふういん》した、せ、先代勇者様の手記にあった通りです……！」

「待て。聞いていないぞ」

駆真が後方で鼻をすすっているアステナを睨《にら》む。――が、そのような問答をしている余《よ》裕《ゆう》は与《あた》えられないようだった。すぐさま異形《いぎょう》と化した魔王が駆真に向かって突進してくる。

「――ち」

苛立《いらだ》たしげに舌打ちし――しかし駆真は退《しりぞ》かない。迫《せま》り来る魔王に向かって天駆機関を駆動《くどう》させると、彼の膨張《ぼうちょう》した腕《うで》の力強い一撃をするりとかわし、その鳩尾《みぞおち》に踵を突《つ》き立てた。

「ぐ――」

苦しげな魔王の声など気にすらかけず、そのまま上体を起こして銃口を敵《てき》の眉間に当てる。蟻《あり》の触角《しょっかく》ほどの逡巡《しゅんじゅん》もなく、発砲《はっぽう》。射撃の衝撃に腕が上方へ弾《はじ》かれると同時、魔王が後方に倒れ込《こ》んだ。

しかし。

「ふ……ふふふふふふふふ」

数秒の間をおいて、魔王がまたも高笑《こうしょう》を上げる。

そして魔王の身体が輝いたかと思うと、今度は下半身が蛸《たこ》のように分かれ、腹《はら》に巨大な口が出現した。心なしか、体躯《たいく》も大きくなっている。

「………どういうことだ」

半眼《はんがん》でアステナに問う。すると彼女は不自然に目を泳がせた。

「え……ええと、第三形態……です」

「……先代勇者の手記には、何形態目まで記されているんだ」

「……いや、あの、その…………………第百八形態まで」

「………………」

駆真は無言でアステナを睨《ね》め付けた。

と、さらなる異形へと変貌《へんぼう》を遂《と》げた魔王が、顔と腹で同時に笑いながら、駆真に目を向けてきた。

「ふふ。今までに見《まみ》えたことのない勇者よ。なんと容赦《ようしゃ》のない戦いか」

凄絶《せいぜつ》な笑み。気の弱い人間であればそれだけで失神してしまいそうですらあった。

「どうだ――？　そのような情《なさ》けない盟術師《めいじゅつし》など見限《みかぎ》り、我《われ》らの側につかんか。

……なに、難《むずか》しい要求などせぬさ。私の邪魔《じゃま》をしなければそれでいい。さすれば私の力を以《もっ》て、貴様《きさま》の望みを何なりと叶《かな》えてやろう」

「な……ッ！　こ、ここここまでやられておきながらなにを――ッ！」

魔王の提案《ていあん》に、アステナが狼狽《ろうばい》の声を上げる。

駆真はふん、と鼻を鳴らした。そう、返答など決まり切っている。

「そうか。ならよろしく頼《たの》む」

「…………」

「…………」

「…………」

沈黙《ちんもく》が、流れる。

アステナは信じられないものを見たかのような表情《ひょうじょう》のまま固まり、魔王もまた、額に汗《あせ》を滲《にじ》ませている。謁見の間でただ一人、駆真だけが平然とした様子で腕を組んでいた。

「……ええと」

魔王が、頬《ほお》をかきながら言葉を絞《しぼ》り出した。

「…………いいのか？」

「ああ。私はこいつが言ったように別の世界から連れてこられた人間でな。望みは一つだ。私を元の世界に帰してくれ。可能《かのう》か？」

「あ……ああ。それくらいなら容易《たやす》いが」

「そうか。なら交渉成立《こうしょう》だ。好きにレーベンシュアイツを侵略《しんりゃく》してくれ」

と、こともなげに言い放った駆真の服の裾《すそ》が引っ張《ぱ》られる。見やるとアステナが戦慄《せんりつ》した様子で駆真を見上げてきていた。

「な、ななな何を仰《おっしゃ》っているんですかカルマ様ぁ。え、ええー、私ワカンナーイ……カルマ様が何言ってるのか全然ワカンナーイ……」

「若年性認知症《じゃくねんせいにんちしょう》か。気を付けろよ」

「そそ、そうじゃないでしょうっ！　カルマ様、自分が何を言っているのかわかっているんですかッ！　は……っ！　まさかもう魔王の術に操《あやつ》られて……ッ？」

「いや、私は何もしておらんが……」

魔王が戸惑《とまど》いを孕《はら》んだ声で返す。きっとこんな返答をする勇者は初めてなのだろう。

駆真は鬱陶《うっとう》しげにアステナの手を振《ふ》り払《はら》うと、彼女にひらひらと手を振った。

「そういうわけだ。まあ、がんばれ」

そして呆然《ぼうぜん》とした彼女を放ったまま魔王に向き直り、「さあ」と両手を広げた。

「早くしてくれ。私には時間がない」

「……最後にもう一度だけ確認《かくにん》するが、本当にいいんだな？」

「くどい。早くしろ」

「あ……ああ」

魔王は腑《ふ》に落ちない顔をしつつも駆真に手をかざした。すると途端《とたん》駆真の身体《からだ》は光に包まれ、脚部《きゃくぶ》から徐々《じょじょ》に空気に溶《と》けていった。

「う……う、う……」

後方から、恨《うら》みがましいアステナの声が聞こえてくる。

「裏切《うらぎ》り者ぉぉぉぉぉぉぉぉぉぉぉっ！」

その余韻《よいん》を耳に残しながら、駆真はレーベンシュアイツから消え去った。

Case-03

「えー、みんな知っての通り、現在《げんざい》の蒼穹園《そうきゅうえん》南部には、大陸暦九六一年から一三四九年の間、皇華《おうか》栄禅《えいぜん》という国が存在《そんざい》していたと言われているのね。この国は――」

しきりに眼鏡《めがね》の位置を直しながら、担任《たんにん》の安倉善子《あくらよしこ》教諭《きょうゆ》が黒板に文字を連ねていく。在紗《ありさ》はそれをノートに書き留《と》めてから苦笑《くしょう》した。九六一《くろい》陰謀《いんぼう》皇華栄禅、一《い》三四《さぎよ》九《く》散る。なるほど、分かりやすい覚え方だ。

「冠仙《かんせん》にある皇華遺跡《いせき》でも有名ですね。――じゃあ問題、この遺跡は、別名なんと呼《よ》ばれているでしょうか。はい、嶋内《しまうち》君」

「え？　あー、ええと、人形遺跡、だったかな」

「はい、正解《せいかい》。たくさんの人形が見つかったことから、人形遺跡とも呼ばれています。みんなここ重要だからちゃんと覚えておいてねー」

ポイントであることを示《しめ》すためにか、善子が赤のチョークでその語句《ごく》に下線を引く。

今は三時間目。社会の時間であった。黒板には蒼穹園の歴史における重要なキーワードが書き並《なら》べられ、簡略化《かんりゃくか》された年表のようになっている。主に中世期。蒼穹園が今の名を持つ前の歴史である。

「……ふぁ」

別に授業《じゅぎょう》に不満があったわけではないのだが……小さなあくびが一つ、漏《も》れる。どうやら昨日よく眠《ねむ》れなかったのが災《わざわ》いしているようだった。やはりなんだかんだ言っても、在紗も今日の授業参観は楽しみだったのだ。

「皇華栄禅の国教は初期の壬耶聖教《みやせいきょう》なのね。だから人を作る、イコール神の業《わざ》と考えられていたらしく、女性《じょせい》の地位が非常《ひじょう》に高かったと言われているの。……それで、少しでもその域《いき》に近づこうと男性たちは人形を作り始めたみたい。皇華人《じん》たちのこだわりはすごいわよ？　とりあえずどんなモノも人型に近づけようとしているからね。機能上人型にならないようなもの——たとえば武器《ぶき》や家なんかにも、顔と手足のような装飾《そうしょく》をつけることが定められていたってくらいだから」

在紗は目をこする。教壇《きょうだん》で説明を続ける善子先生の声が、段々《だんだん》と子守歌《こもりうた》のように聞こえてきた。

視界《しかい》がゆっくりと、上下に運動する。目の前の美須々《みすず》の頭、そしてそのもっと奥《おく》に見える先生や黒板。それらが不規則《ふきそく》に、ゆらり、ゆらりと揺《ゆ》れている。まるでそれらを舟《ふね》の上から眺《なが》めてでもいるかのような感覚。波は緩慢《かんまん》に、しかし確実に高さを増《ま》していくようで、在紗の視界は徐々《じょじょ》に下方へと流されていった。

「……うっ」

慌《あわ》てて手の甲《こう》をつねり、机《つくえ》に向いていた顔を前方に起こす。どうやら今の微睡《まどろ》みは先生に気づかれてはいなかったらしい。とりあえずそのことに安堵《あんど》して、在紗は文章の途切《とぎ》れていたノートにペンを走らせ始めた。

「とても高度な文明を持っていたとも言われ、大陸暦一〇〇年を越《こ》えた辺りから、機功《きこう》人形みたいなものも作られていたみたい。今でも動くものが確認されているくらいよ。ほら、資料集《しりょうしゅう》に載《の》ってるでしょ？」

机上《きじょう》の資料集に視線を落とす。想像《そうぞう》よりも遥《はる》かに人間に近い形をした造形物《ぞうけいぶつ》の写真が載っていた。正直、少し気持ち悪い。

「中でも後期のものは、驚《おどろ》くほど精巧《せいこう》なものが多いのよ。国が滅《ほろ》びる間際《まぎわ》には、完全な人《じん》造人間《ぞうにんげん》さえ作られてたんじゃないかー、ってオカルト好きに噂《うわさ》されるほどにね」

善子先生がニヤリと笑いながら言う。基本《きほん》的に良い先生なのだが、社会の授業になると途端《とたん》に話が脱線《だっせん》しやすくなるきらいがあった。

が、在紗にその言葉はよく聞こえていなかった。資料集を見るために顔を下に向けたのが良くなかったのかも知れない。段々と意識《いしき》が朦朧《もうろう》としていき、視界が狭《せま》くなっていく。

「…………」

ノートの上を走っていたシャープペンの芯《しん》が弾《はじ》け、前方に飛んでいった。知らず知らずのうちに体重がかかってしまったらしい。

ペンの尻《しり》をノックし、新たな芯を出しながら、ぼうっと黒板を眺《なが》める。

と、その際《さい》先生と目があった気がした。細い目のために、あまり視線が窺《うかが》えない人ではあるのだが。

「んー、じゃあ鷹崎《たかさき》さんに答えてもらおうかしら」

「…………え」

急に指名を受け、在紗は一瞬《いっしゅん》身体《からだ》を硬直《こうちょく》させた。一気に眠気《ねむけ》が吹《ふ》き飛ぶが——遅《おそ》い。自分の名前が出されるまで、まるで先生の話が耳に入っていなかったのだ。

「え……ええと……」

「ん？　どうしたの？」

在紗がどうにか問題の情報《じょうほう》を得ようと黒板や教科書に目を這《は》わせていると、前方にノートの切れ端《はし》のようなものが出現《しゅつげん》した。どうやら前の席の美須々が手を後ろに回し、在紗の机の上に置いていったらしい。

「……轍野来茜《わだちのらいせん》……ですか？」

「むー、惜《お》しい。それはこっちだね。正解《せいかい》は紅柳想蘭《くれやなぎそうらん》。重要なところだから覚えておいてね。——でも、珍《めずら》しいわね、鷹崎さんが間違《まちが》えるなんて」

「……えと、すみません」

小さく頭を下げながら前を見ると、美須々が焦《あせ》ったように黒板とノートを交互《こうご》に見ているのがわかった。数瞬おいて、再《ふたた》び小さな紙切れを在紗の机に置いてくる。そこには『ゴメン！』の一言と、ウサギと犬の混《ま》じったようなキャラクターが盛大《せいだい》に汗《あせ》を飛ばしながら謝《あやま》っている絵が描《か》かれていた。

「………」

在紗は小さく笑うと、メモ帳を一枚《まい》切り取り、『いいよ、ありがと』と書いて二つに折り、先生の目を盗《ぬす》んで美須々の肩《かた》に載せた。横に変梃《へんてこ》なキャラクターを描き添《そ》えて。

◇

魔王《まおう》の姿《すがた》が視界から掻《か》き消え、それと入れ替《か》わるように別の景色が流れ込《こ》んでくる。

その妙《みょう》な感覚は二度目であった。さして身体に違和《いわ》感はないものの、やはり世界間を移《い》動《どう》するというその術《じゅつ》は気持ちのいいものではない。駆真《かるま》は微《かす》かに眉《まゆ》をひそめ（気分の悪さというよりは、参観に間に合うだろうかという懸念《けねん》が強かったのかも知れないが）、レーベンシュアイツを脱出《だっしゅつ》した。

しかし。

「……なんだ、ここは」

その場所は駆真がもといた萩存平野《しゅうそんへいや》ではなかった。

否《いな》——というよりも、その空間には光がほとんどなく、自分が今どのような場所にいるかすら詳《くわ》しくは分からない。じっとりと湿《しめ》った空気と、声の反響具合《はんきょうぐあい》などから、屋外でないことを察するくらいが限界《げんかい》だった。

仕方なく手探《てさぐ》りでポーチから携帯《けいたい》用のライトを取り出し、点灯させる。そしてその空間の異常《いじょう》さに、一層《いっそう》眉をひそめた。

駆真が立っていたのは、綺麗《きれい》な直線で構成《こうせい》された石造《いしづく》りの部屋だった。そこまでは特に問題ない。しかし、それが幾多《いくた》の人形に埋《う》め尽《つ》くされているとなれば話は別だろう。

しかもそれらは、女の子が欲《ほ》しがるような可愛《かわい》らしい等身の人形ではない。異様なほど精巧に作られた、遠目で見れば本物の人間と見まごうほどのヒトガタが、マネキンのように居並《いなら》んでいる。

「……………………」

依然《いぜん》としてここがどこかは知れないが——駆真が望んだ移動場所でないことはすぐに分かった。

魔王が偶然《ぐうぜん》移動する場所を間違えたのか、それとも意図的にやったのか。もし後者であるならば、次に会った時には足腰《あしこし》立たなくしてやろうと心に決め、駆真は耳元のインカムのスイッチを入れた。蒼穹園の空には、至《いた》る所に通信中継用《ちゅうけいよう》の無人天駆《てんく》機関《きかん》が設置《せっち》されている。ここがもし本当に蒼穹園であるのなら、本部、もしくは近くの騎士《きし》と連絡《れんらく》がとれるはずだ。

ほどなくして、駆真の鼓膜《こまく》をノイズ混《ま》じりの音声が震《ふる》わせる。

『……ちら、……穹園騎士……部です。……うぞ……』

どうやら本部に繋《つな》がったらしい。駆真はとりあえずそのことに安堵《あんど》してマイクに口を近づけた。

「蒼穹園騎士《きし》団《だん》、鷹崎駆真少尉《しょうい》だ」

『……端末《たんまつ》ナンバーとの照合を完了《かんりょう》、用件《ようけん》をどうぞ』

「位置確認《かくにん》を。私の現在地《げんざいち》を調べて欲しい」

『了解。少々お待ちください』

インカムには発信器も搭載《とうさい》されており、本部は騎士全員の位置を逐一《ちくいち》知ることが出来るようになっている。便利なことは便利なのであるが、駆真の信号が消えていたであろう先ほどの数十分間のことを追及《ついきゅう》されると思うと、今から面倒《めんどう》な気分になる。まさか異界に勇者として召喚《しょうかん》されたなどと言って信じる者もいまい。

『……確認できました。少尉の現在地はＮ４０・Ｅ１４３地点。往臨《おうりん》山地南部、雨深山《あまみさん》です』

「往臨山地……、わかった」

言って、通信を切る。

往臨山地。蒼穹園の南端に位置する険《けわ》しい山々である。ちょうど国境《こっきょう》に沿《そ》う形に広がるその山地は、天駆機関が発明されるまでは、それこそ気の触《ふ》れた冒険家《ぼうけんか》くらいしか近づくことのない未開の地であった。

だが、分かるのはそこまでだ。とにかく、まずは外に出ねばならない。

駆真は不機嫌《ふきげん》な心地《ここち》を抑《おさ》え込みながら、暗い空間に金属音《きんぞくおん》を反響させ始めた。

「…………」

夥《おびただ》しい数の人形の虚《うつ》ろな目に見つめられながら、廊下《ろうか》と思《おぼ》しき長い道を無言で歩く。それなりに横幅《よこはば》のある道ではあるのだが、両サイドに林立した幾つものシルエットのせいで、妙に息苦しい空間になってしまっているようだった。

と――しばらく歩みを進めた頃《ころ》だろうか、廊下が終わりを告げ、先ほどよりも開けた部屋に出た。ライトを掲《かか》げてみても、部屋の奥《おく》までは窺《うかが》い知れない。もっとも、壁際《かべぎわ》が全《すべ》て等身大の人形に占拠《せんきょ》されているのだろうという予想だけは容易《ようい》についたのだが。

った。

「……まるで人形遺跡《いせき》だな」

駆真には珍《めずら》しい独《ひと》り言も、焦《あせ》る気持ちが自然と漏《も》れ出てしまった結果なのかも知れなかった。

確《たし》かにここは、蒼穹園南部・冠仙にあるという皇華遺跡とそっくりである。写真やテレビで見たことがあるという程度《ていど》の知識《ちしき》だったが、ここまで多量に人形が配置されている空間など、他《ほか》にはマネキン工場か前衛《ぜんえい》アートの美術館《びじゅつかん》くらいしか思い当たらない。

だが、ここ往臨山地で皇華栄禅時代の遺跡が発掘《はっくつ》されたという話は一度も聞いたことがなかった。もしここが本当に中世の遺跡だとしたなら、現在の学説を覆《くつがえ》す大発見になるやも知れない。

が、無論《むろん》駆真はそのようなものに興味《きょうみ》など無かった。第一発見者という名声になど、まるで魅力《みりょく》を感じない。この部屋を出るために居並《いなら》んだ人形を全部破壊《はかい》せねばならないというのなら、一瞬《いっしゅん》の躊躇《ためら》いもなく打ち壊《こわ》してやろうという、考古学者がこの場にいたら激昂《げきこう》されるのを免《まぬが》れないような思考すら持っていた。

駆真が左右を照らしながら部屋の奥へ足を踏《ふ》み入れる。

瞬間、彼女の持つライト以外にまったく明かりの無かった空間に、煌々《こうこう》とした光が現《あらわ》れた。

否——その表現は適切《てきせつ》でないかも知れない。何しろ、影《かげ》という影を完全に放逐《ほうちく》するように、天井全《てんじようすべ》てが強烈《きようれつ》に発光し、部屋の全域《ぜんいき》を外部さながらに明るく染《そ》め上げていったからだ。

「——何？」

いきなり訪《おとず》れた眩《まぶ》しさに目を細めながら周囲を見回すと、今まで闇《やみ》に隠《かく》れて窺い知れなかったその空間の内装《ないそう》がはっきりと認識《にんしき》出来た。見知らぬ幾何《きか》学模様《がくもよう》の描《えが》かれた壁には、パイプや電源《でんげん》コードと思しき線が走り、床《ゆか》はひび割《わ》れてはいるものの、寸分《すんぶん》の狂《くる》い無く埋められたパネルで構成《こうせい》されている。そして予想通り、数え切れないほどの人形が駆真に目を向けていた。

文明の息吹《いぶき》を感じる場所だとは思っていた駆真であるが、まさかここまでとは考えていなかった。もしかしたら、何らかの組織《そしき》の隠《かく》れ家《が》なのかも知れない。

だとすれば、照明が点《つ》いたという事態《じたい》には最大級の警戒《けいかい》が必要である。暗い場所に明かりを点ける理由は一つ。そこに人が入るからだ。

自動拳銃《けんじゆう》を抜《ぬ》き、周囲に注意を払《はら》う。と、視界《しかい》の端《はし》に、何やら妙《みよう》なものが見えた。

近くにありすぎて逆《ぎやく》に気づかなかったらしい。駆真の目の前に、透明《とうめい》な蓋《ふた》のついた棺桶《かんおけ》を立てたような機械と、その中に眠《ねむ》るように収《おさ》められた人形——いや、ヒトのようなモノがあった。

「これは……」

ヒトのようなモノ、という表現は、そう間違《まちが》ったものではないだろう。どこか、他の人形とは感じが違って見える。

全体的なフォルムは人間と言って差し支《つか》えない。美しい顔立ちの少女だ。しかし額《ひたい》の大きな縦線《たてせん》をはじめとして、その顔や、身に纏《まと》った黒衣から覗《のぞ》く手足には無数の縫《ぬ》い傷《きず》があり、果ては両の目蓋《まぶた》までもが太い糸で縫いつけられている。

そして後方の一部のみが長く伸《の》ばされた髪《かみ》は房《ふさ》ごとに色が異《こと》なり、明るいオレンジと銀《ぎん》髪《ぱつ》が交互《こうご》に頭部を飾《かざ》っていた。さらにはその髪の合間から太い釘《くぎ》のようなものが幾本《いくほん》か頭を覗《のぞ》かせたりしているのだから、ここまでくればもう、気の触れた人形職人《しょくにん》が生涯《しょうがい》をかけて完成させた怪作《かいさく》という他ない。

「……なんだ？」

と、駆真が何とはなしにその『棺桶』に手を触《ふ》れた瞬間、異変が起こった。

今の今まで、死とか沈黙《ちんもく》とかそういったものをテーマとして描かれた絵画のように静謐《せいひつ》を保《たも》っていたそれが、急に低い駆動音《くどうおん》を響《ひび》かせ始めたのだ。そして段々《だんだん》とその音が速くなっていき、『棺桶』の両脇《りょうわき》に幾つも設《しつら》えられていた鍵《かぎ》のような部品が一斉《いっせい》に弾《はじ》け飛んだ。

「一体……何が」

目の前で起こる異常《いじょう》に身体《からだ》中を緊張《きんちょう》させ、周囲に警戒を払う。

そんな駆真の行動を知ってか知らずか、その『棺桶』の前面に被《かぶ》せられていた透明の蓋が、ゆっくりと両脇に開かれていく。

そして扉《とびら》が完全に開放《かいほう》されると同時、その中に眠《ねむ》っていたヒトのようなモノが、急に上体を前方に動かし、駆真の方に向かって足を踏《ふ》み出したのである。

「——な」

恐《おそ》れはなかった。この程度の異常で恐怖《きょうふ》を感じているようでは、屈強《くっきょう》なる騎士《きし》たちの中で魔女《まじょ》などと称《しょう》されはしない。しかし、警戒というのなら話は別だ。得体の知れないソレに険《けわ》しい視線と銃口を向ける。

——が、それは結果的に、所在《しょざい》なく漂《ただよ》うだけになってしまった。

何故《なぜ》ならそのヒトのようなモノが跪《ひざまず》き、

「はぁーい、どーも、新しいマぁイ・マぁスター。へひひ、ワタクシは皇華《おうか》栄禅《えいぜん》の魔人《まじん》。名をウタと発しマす。契約《けいやく》により、アナタサマの願いをお叶《かな》えしンましょ。ささ、遠慮《えんりょ》せずにはーりきってドウぞー。ぞー、ぞー！」

いやに高いテンションで、そんな言葉を発したからだった。

◇

蒼穹園騎士団本部内に設えられた管制室《かんせいしつ》で、隣《となり》に座《すわ》った同僚《どうりょう》が小さく首を傾《かし》げるのを見、上代伍長《かみしろごちょう》は怪訝《けげん》そうな顔を作った。

「どうかしたか？」

「……いや、今鷹崎少尉《しょうい》から通信が入ったんだけど、どうもおかしいのよね」

「おかしい？　何が」

騎士たちのバックアップを担当《たんとう》するコントロール・ルームには、数十人のスタッフが常駐《じょうちゅう》しており、外部からの通信はその都度《つど》手の空いているスタッフの元に割《わ》り振られる。彼女が鷹崎駆真少尉の通信を受けたことも、確率《かくりつ》で言えば確《たし》かに低いのかも知れないが、決しておかしなことではない。

「現在地確認《げんざいちかくにん》を頼《たの》まれたんだけど……その場所が往臨山地なのよ」

「ふうん……『果て』か」

「なにそれ」

「うちの婆《ばあ》さんから聞いたのさ。なんでも昔は、一度足を踏み入れたら戻《もど》れないこの世の果てとか言われてたらしいよ。……まあ確かに珍《めずら》しい場所だとは思うけど……天駆機関があれば渡《わた》れない場所でもないし、別にそんなに気にすることもないだろう？」

しかし彼女は小さく首を振ると、またも眉《まゆ》の間にしわを寄《よ》せる。

「違うのよ……今の今まで、往臨山地に騎士の反応《はんのう》なんて一個《こ》もなかったの」

「……ふうん？　そりゃちょっとしたミステリ」

上代はふうむと息を吐《は》き、そののち、意地の悪そうな笑《え》みを浮《う》かべた。

「……もしかして、騎士団が秘密裏《ひみつり》に開発してるステルス兵器の実験とか」

「そ、そんなわけないじゃない。第一、もしそうなら通信なんてしてくるわけ……」

「いっやぁー、わぁからないぞー？　もしそれが少尉のミスだとしたら……どうする？

図《はか》らずも機密《きみつ》を知ってしまった君は……ねえ……」

「ちょっと……や、やめてよね」

思わずたじろいだ様子を見せる同僚に、上代は小さく肩《かた》をすくめた。

「冗談《じょうだん》だよ。少なくとも、あのスーパーサイボーグがミスを犯《おか》すなんてありえないだろ？

何かの理由で電波が通らなかったかなんかだろうさ、どうせ」

その言葉は存外《ぞんがい》説得力があったようだ。彼女はやれやれと肩をなで下ろした。確かに、あの鷹崎駆真がそんな平凡《へいぼん》なミスを犯す場面など、女王陛下《へいか》が何かの式典の最中突然《とつぜん》チェーンソーを振り回し怪鳥《かいちょう》の鳴き真似《まね》をするといったシーンほどにも想像《そうぞう》できない。

しかし何故《なぜ》か彼女は再《ふたた》び疑問符《ぎもんふ》を浮かべるような顔をして、上代の手元を覗き込《こ》んできた。

「おいおい、まだ気にしてるのか？　ちゃんと仕事しろ仕事」

「いや……そうじゃなくて。今さ、何かレーダーに反応無かった？」

「え？」

言って、上代は目の前に設置《せっち》されたモニター群《ぐん》のうち、右側に位置するそれに目をやった。騎士たちの現在地を明滅《めいめつ》する点で表すものではなく、蒼穹園上空の空獣《エア》反応を探《さぐ》るためのものだ。

「……特に問題はない……な。本当に反応してたのか？」

「多分……。結構《けっこう》大きかったと思うんだけど……」

言いながら、人差し指と親指でモニター上に大まかなサイズを示《しめ》してくる。

「いやいや、それはちょいと大きすぎだろ」

空獣《エア》はそのサイズと形状《けいじょう》によって等級分けがされている。ハーピー級、ガーゴイル級などの小型種、そしてその上に位置する、グリフォン級やワイバーン級といった中型、大型種。記録上はこれよりも上位の大型種がいると言われているものの、ここ数十年一件《けん》の確《かく》認例《にんれい》もないため、事実上ワイバーン級がもっとも巨大《きょだい》な空獣《エア》ということになる。

彼女が示したのは、そのワイバーン級を遥《はる》かに超《こ》える大きさだったのだ。

「む……確かにそうかも」

彼女自身それに気づいたらしい。微《かす》かに頰《ほお》を染《そ》め、自分の前に設《しつら》えられたモニターに向き直った。

◇

「……魔人《まじん》、だと？」

ウタの勢《いきお》いに内心辟易《へきえき》しながらも、どうにか冷静さを保《たも》って、つい先刻異世界《せんこくいせかい》などという常識外れ《じょうしきはず》に巻《ま》き込まれたばかりの少女は言った。

魔人。遥か古《いにしえ》の時代に在《あ》ったという幻想《げんそう》の一つだ。

数多《あまた》の物語や伝承《でんしょう》に現れるそれは、壺《つぼ》に器《うつわ》に或《ある》いは箱に封《ふう》じられ、その封じが解《と》き放たれるのを、永劫《えいごう》に近い時の中で待っていると言われている。

蒼穹園においてもその存在《そんざい》は有名で、今の時代になってもなお、様々な物語の中に魔人は登場する。そしてほとんどの場合において、魔人は封印を解いた者を主人と認《みと》め、その者のあらゆる願いを聞き入れてくれるのだという。

「ええ、ええ！　へひひひひ、ワタクシ生まれも育ちも皇華栄禅！　由緒《ゆいしょ》タダシキ魔人でありまッす！」

「……皇華栄禅……」

駆真はやはりか、と呟《つぶや》いた。

「オンやぁ？　お聞き覚えが？　へひひ、さっすが我《わ》が故郷《こきょう》、ユーメーですなァ。……と、ああ、いやいや、訂正《ていせい》テーセー、さっスが我が新たなマぁスター、見聞《けんぶん》がヒロイ」

一応《いちおう》気を遣《つか》ったのだろうか、ウタが手をぱたぱたと振《ふ》って訂正を交《まじ》えながらそう言う。

「皇華栄禅……かつて蒼穹園南部に在ったと言われる国だな。人を造《つく》ることに異常《いじょう》な努力を傾《かたむ》けた文明と言われ、最終的に人造《じんぞう》人間すら造っていたのではないかと——」

「さあてナンのコトヤラ！　由緒タダシキ魔人ウタには解《わか》りませぬなぁ！」

ウタは急に視線《しせん》（目は見えないが）を逸《そ》らし、元から大きかった声をさらに張《は》り上げた。

「……まあ、別にどうでもいい」

冷たく言い放って、駆真はマーケルハウツを響《ひび》かせた。そう、こんな訳《わけ》の分からない女に構《かま》っている時間など、一秒たりとて存在しない。

「うぇーとぉ？　聞いてマス？　ワタクシ、封印を解いてくださサった方の願いを叶《かな》エなきゃナラないんデすけド……」

「…………」

駆真はウタの言葉を無視すると、ライトを消して周囲の人形を退《ど》かし、壁《かべ》に出入り口のようなものがないか探《さが》し始めた。

「あ……ァノう。マぁスター……？」

チッ、と、背後《はいご》で訴《うった》えかけるように喋《しゃべ》るウタに煩《わずら》わしげな舌打《したう》ちを送り、そちらに向き直る。

「ならば時間でも戻《もど》してくれ。今日の朝にな」

ウタは一瞬《いっしゅん》きょとんとした顔を作ったが、すぐ眉根《まゆね》を撥《は》ね上げた。

「はぁ？　ソンなこと出来るわけナイじゃないですかあ。もう少し常識《じょうしき》でモノを言ってくださイよオ」

「…………………」

いろいろと言いたいことが頭の中に生まれた駆真ではあるけれど、ここでおしゃべりに時間を費やすのは得策《とくさく》ではない。

「……ならば、皓成小《こうせいしょう》の前にでもテレポートさせてくれ」

「いやいや、だからぁ、フツーに考えてクダサイよぉ。そんなこと出来る人イマスゥ？」

「…………もういい」

ぷい、と視線を切って出口の探索《たんさく》に戻《もど》る。

しかし。

「あ、あ、まってクださいよマぁスター！」

そんな呼《よ》び声とともに両肩《りょうかた》をむんずと摑《つか》まれ、進軍を中断《ちゅうだん》させられる。

「邪魔《じゃま》をするな」

「ううん、いけズぅ。そんナコと仰《おっしゃ》らずにい」

目をとがらせて見やると、どうやら駆真の肩を摑んでいるのは、ウタの手ではないようだった。いや……一応はウタの手、ということになるのだろうか。彼女の背からケーブルのようなものが伸《の》び、その先に、巨大《きょだい》な手がついていた。

「……魔人というには随分《ずいぶん》メカニカルな」

「ひゅ～、ひュ～」

駆真の言葉の途中《とちゅう》で、ウタが唇《くちびる》を尖《とが》らせてそっぽを向く。どうやら口笛のつもりらしい。

「…………ふん」

ウタへの興味《きょうみ》など、アリの触角《しょっかく》の先ほどにもないが、こうして肩を固定されているままでは、まともに飛ぶことも出来はしない。駆真は仕方なくウタに向き直った。

「なら、一体貴様《きさま》は何が出来ると言うんだ」

「おお、オオ！　よくぞ聞いてくレましたッ！　ワタクシには、不思議溢《あふ》レる魔人パワーがテンコ盛《も》り！」

ウタは子供《こども》のように表情《ひょうじょう》を輝《かがや》かせると、駆真の肩を掴んでいた機械的な手の平を広げて見せた。

「たとえば、必殺・炎獄《えんごく》魔人掌《しょう》。コの手ヲ灼熱《しゃくねつ》に熱すルこトにより――」

「……なんだ？」

「なんと、お洋服のシワを取ルことガ出来ますス」

身を屈《かが》め、口の横に手で壁を作ってから、さも重要な事項《じこう》を告げるようにウタが言う。

その表情は自信ありげなニヤリとした笑《え》みである。駆真は不憫《ふびん》な子供を見るような眼差《まなざ》しで魔人を見やると、ため息混《ま》じりに口を開いた。

「……やはり機械《メカ》か」

「何を言ってるンでスかあ、魔人デスよう。不思議パワーのイっぱい詰マッた、みんナの憧《あこが》れデすっテ。その証拠《しょうこ》にワタクシを造ッた博士……ゲフンゲフン、ワタクシを生み出シたその……すンごくマジカルで超越存在《ちょうえつそんざい》的なモノは、イツの日か魔人を持つコトが上流家庭のステェタスになル日が来るッテ言ってマしたもノ」

「……一応訊《き》くが、他《ほか》に出来ることは」

鬱陶《うっとう》しげに駆真が問う。自称《じしょう》魔人は思わせぶりに腕組《うでぐ》みすると、

「そウですねェ。こんナのどうデシょう。絶技《ぜつぎ》・烈空凍魔陣《れっくうとうまじん》。全身を超低温《ちょうていおん》に保《たも》つコトにヨり、真夏日でモ快適《かいてき》に」

「確信《かくしん》した。貴様は機械だ」

「何を仰《おっしゃ》いマすかマぁスター。この技《わざ》の発動中、ワタクシのすぐ近くナら、お野菜も新鮮《しんせん》に保てルんでスよ」

「そうか。分かった」

「おオ！　ウタの力を分カってくダサイましたカ！」

「いや、とりあえずここが古代の家電工場だということだけは分かった」

駆真はそう言うと、ウタから視線《しせん》を外した。魔人はまた何かわめいているが、どうせ大したことは言っていまい。無視して出口の探索に戻る。

が、数分後、結局駆真はうめき声を上げるウタの面前に舞《ま》い戻ることになってしまう。理由など一つしかない。部屋のどこを探しても、外に通じると思われる箇所《かしょ》が見あたらなかったからだ。

「ウタ」

「ぉア、ようヤくワタクシのコトを魔人と」

「そんなものはどうでもいい。答えろ。出口はどこだ」

駆真の言葉にウタは首をひねり、

「へ？　そんなのアリマセンよ？」

こともなげに、駆真の一番聞きたくなかった情報《じょうほう》を吐《は》いた。

「……何だと？」

「いやア、ここってバ、元々人が入ルコとも出るコトモ想定されてないンですよねエ。むしろアナタがドウやってココに入ってきたのかが、ワタクシにとっては不思議ハッケン」

言って、わははと呑気《のんき》に笑う。

「…………」

言うまでもなく——駆真は深刻《しんこく》そうに眉根《まゆね》を寄《よ》せた。笑い事ではない。餓死《がし》してしまうとかそういった懸念《けねん》は浮《う》かんでこなかった。そう、そんなものはどうでもいいのだ。ただ、時間に間に合わなかったときの在紗の残念そうな表情だけが脳裏《のうり》にちらついていた。

アステナと魔王に届《とど》くことのない呪《のろ》いを吐き、駆真はウタに鋭《するど》い視線を向ける。

「——私は急いでいる。ここから出る方法はないのか」

「アー、出口がナイ以上、アんまり上品な方法じゃ出らレないと思いマすよー」

「——ち」

予想通りの言葉に、軽く舌打《したう》ちする。要は壁《かべ》を壊《こわ》しでもしない限《かぎ》りここからは出られないということだ。

だが――それにも問題があった。本部と連絡《れんらく》が取れた以上、ここが地中深くでないことだけは確《たし》かだ。しかし、それ以外には外の状況《じょうきょう》も、壁の厚《あつ》さも、何一つ分からないのである。

武器《ぶき》が少ないのも深刻だ。駆真が今持っているのは天駆機関と自動拳銃《けんじゅう》のみである。たかだか二十四口径の豆鉄砲《まめでっぽう》では壁に穴《あな》など開くはずもないし、マーケルハウツも、このような狭《せま》い空間では十分に威力《いりょく》を発揮《はっき》することが出来ない。仮《かり》に脱出《だっしゅつ》が成功するにしても、どれだけ時間がかかるかは見当もつかなかった。

「くそ……ッ」

見事なまでの八方塞《ふさ》がり。駆真は無慈悲《むじひ》に時を刻《きざ》む時計を睨《にら》みながら毒づいた。

と、そんな駆真の焦燥《しょうそう》を不思議そうに見ていたウタが、何か思いついたように「ああ」と声を発した。

「そんナに出たいンナら、ワタクシが壁破《やぶ》って差し上ゲテもヨイですよオ？」

「何？」

駆真は疑《うたが》わしげな目でウタを睨《ね》めた。しかし彼女はまるで気にした様子も見せず（単《たん》純《じゅん》に駆真の顔が見えていないだけなのかも知れないが）、やたらと嬉《うれ》しそうにあとを続けた。
「ソウですよソウですヨ！　そういうワカリやすい願いを待ってタんですヨ！」
「……本当に可能《かのう》なのか？」
「うヤヤ、疑ってマぁスね？　フフふフふ、この魔人ウタをナメてもらっちゃア困《こま》りマす
なア！　いやァ、昔はトンネル掘《ほ》りにハ必ず呼《よ》ばレたモンですヨ」
叫《さけ》び、力強くガッツポーズを取るウタ。駆真はその猜疑心《さいぎしん》に溢《あふ》れた視線を直すことはな
かったが、他に明確《めいかく》な手段《しゅだん》があるわけでもない。駄目《だめ》で元々という心地《ここち》で、小さく息を吐
き出した。
「……ふん、ならやってもらおうか」
「はいハイ！　では……」
言いながら腕を回したり、その場でぴょんぴょん跳《は》ねたりと、長い間使っていなかった
身体《からだ》の感触《かんしょく》を確かめるように全身を運動させる。
しかし駆真に、それを許《ゆる》すような心の広さはなかった。子供《こども》のようにはしゃぐウタの尻《しり》
をマーケルハウツで強烈《きょうれつ》に蹴《け》り上げる。
「あイタッ！　な、なにするンデすかマぁスター」

「うるさい。早く壁を壊せ」

「ハイはい……分かっテますってバ。ンもう、せっかちサンなんだからあ」

気色《きしょく》の悪いポーズを取りながらウタが言う。駆真はその後頭部を軽く叩《たた》いてから、今度は何も言わずに壁を指さした。

「あたタタた……乱暴《らんぼう》ハいけマセンよウ。すぐヤリますすって」

口を突《つ》きだして文句《もんく》を垂《た》れながら、ウタが壁に向く。

そして小さく首を回したかと思うと、彼女の背《せ》が微細《びさい》な震動《しんどう》に覆《おお》われ、そこからするするとケーブルのようなものが二本生え、その先にポン、と大きな『手』が現《あらわ》れた。

「……物凄《ものすご》い身体をしているな」

「はっは、ワタクシの身体は現性分子《げんせいぶんし》が集まってるモノですから、形は結構融通《けっこうゆうずう》がキくんですよオ」

「やはり魔人《まじん》という割《わり》には文明」

「さ、さささ、急いでイキマショー！」

焦《あせ》ったようにウタが言い、背から生えた二つの『手』を拳《こぶし》の形に構築《こうちく》した。そして踏《ふ》ん張《ば》りをきかせるためにか腰《こし》を低く落とすと、裂帛《れっぱく》の気合いとともに攻撃《こうげき》を放つ。

「――っ！」

目にも留《と》まらぬほどの猛攻《もうこう》が、嵐《あらし》となって吹《ふ》き荒《あ》れた。壁際《かべぎわ》に並《なら》んでいた人形群《ぐん》を容易《たやす》く打ち砕《くだ》き、見事な平面を誇《ほこ》っていた壁を一撃ごとに抉《えぐ》り取っていく。途端《とたん》部屋は震動と砂煙《すなけむり》に覆《おお》われ、震災《しんさい》の様相を呈《てい》した。

分厚《ぶあつ》い壁の先から外界の光が見えるまでに要した時間は、わずか三十秒。

「これデェー、開通ッ！」

一際《ひときわ》大きな叫《さけ》びに乗せて、ウタが大きく振《ふ》りかぶった一撃を壁に叩き込《こ》む。すると辛《かろ》うじて外と部屋を隔《へだ》てていた壁が崩《くず》れ去り、人一人が潜《くぐ》れるほどの大きな穴が開通した。

「フふん、ドウですかマぁスター？」

得意げに言ってくるウタに軽く手を掲《かか》げるだけで返し、駆真はその穴から外に出た。

「あァー！　待ってクダサイよう！」

そんな声を背後《はいご》に聞きながら部屋から出た瞬間《しゅんかん》、駆真の軽い体が少しひんやりとした外気に触《ふ》れた。乾《かわ》いた風が駆真の頬《ほお》を撫《な》で、唇《くちびる》に不快《ふかい》な乾燥《かんそう》感を残して消えていく。

駆真の眼下《がんか》には、絶壁《ぜっぺき》といっても差し支《つか》えないようなごつごつした山肌《やまはだ》が広がっていた。

どうやらあの部屋は山の中に作られていたらしい。しかも、相当に標高の高い位置だ。目線を少し上げると、近隣《きんりん》の山々やその裾《すそ》に広がる森などが確認《かくにん》出来る。

しかし今の駆真に、そのような自然を楽しむ余裕《よゆう》はなかった。速《すみ》やかに方角を確かめ、マーケルハウツを駆動《くどう》させる。

「——方角は……むこうか」

そしてそのまま目線を北——自宅《じたく》と皓成《こうせい》大付属小のある方角に向けた。時間はぎりぎりであるが、急げば間に合わないわけでもない。仕方なく洗顔《せんがん》とヘアブローは諦《あきら》め、シャンプーも一回のみにしようと心に決める。化粧《けしょう》は不慣《ふな》れであるが、基本《きほん》的なことならば一通り修得《しゅうとく》した。なんとか間に合うだろう。

「おおッ、マぁスター飛べたンデすかア。すごいデすねえ」

後方から伝わってくる呑気《のんき》な声音《こわね》は完全に無視《むし》。駆真は天駆機関を〈翔《ソア》〉駆動させ、北へと進路をとった。

山地の激《はげ》しい起伏《きふく》を眼下に、冷たい空気の刷毛《はけ》で頬を肩《かた》を撫でられながら先へ、先へ。蒼穹園騎士団《きしだん》最速とさえ言われる鷹崎駆真の最高速を以《もっ》て、空の青にまっすぐ軌跡《きせき》を描く。前方に、駆真を妨《さまた》げようとするモノは何もなかった。

が——飛行中、駆真は何やら違和《いわ》感を感じた。

耳元を過《す》ぎ去っていく風の音に紛《まぎ》れて、何かが聞こえたような気がする。

「————————おーい」

インカムが誰《だれ》かからの通信を受け取ったのかと思ったが、どうもそうではないらしい。

耳に直《じか》に装着《そうちゃく》されているこの通信端末ならば、もっとクリアーに音声が届《とど》くはずだ。

「——おぉーい、マぁスター———！」

「……何？」

奇妙《きみょう》な声を聞いて、駆真は低くうめいた。

比較《ひかく》的低空を飛行している駆真のさらに下——具体的に言うのならでこぼこした岩場に、小さな小さな人影《ひとかげ》が見える。細かな表情《ひょうじょう》などは読みとれなかったが、オレンジとシルバーで鮮《あざ》やかにカラーリングされた頭部だけが、妙《みょう》に駆真の網膜《もうまく》を刺激《しげき》した。

「——な」

思わず息を漏《も》らす。

それはそうだ。駆真は先程《さきほど》の地点から、わずか数分とはいえ天駆機関を稼働《かどう》させて飛行しているのだ。この地点にあの魔人《まじん》がいるはずはない。

しかし。

「————あぁぁぁ！　どこイクんですかああああああ————」

普通《ふつう》では考えられないような大音量で、その人影が駆真に叫《さけ》びかけてくる。それは間違《まちが》いなく先刻《せんこく》の魔人、ウタであった。

そのウタが、走っている。

まともに歩くことさえ困難《こんなん》であろうアップダウンの激しい超絶《ちょうぜつ》オフロードコースを、なんの苦難も感じさせることなく、軽《かろ》やかにと言うよりは恐《おそ》ろしいほどに力強く、後方に物《もの》凄《すご》い土煙《つちけむり》を上げながら走行していた。しかも、蒼穹園の中でも最速の一つに数えられる鷹崎駆真のマーケルハウツ式天駆機関と同等の——否《いな》、後方から追いついてきたのだからそれをも超《こ》える、常識《じょうしき》から二つ三つ桁《けた》を違えた速度で、だ。

「馬鹿《ばか》な——」

言いながらさらにスピードを上げようと試みるものの、すでに天駆機関の駆動は〈翔《ソア》〉にセットされている。これ以上の加速は危険《きけん》だった。

「待ってくださぁぁぁぁぁぁぁイヨオー」

地面の凹凸《おうとつ》に従《したが》って揺《ゆ》れる下方からの声が段々《だんだん》と近づき——

「へいやッ!」

なにやら気の抜《ぬ》けたようなかけ声とともに、ウタが駆真に何かを射出《しゃしゅつ》してきた。

「——な」

半ば呆然《ぼうぜん》と、口から言葉が出ていく。

それは先刻、部屋の壁《かべ》を打ち砕いた大きな『手』であった。細長いケーブルの先についた、無機的な『手』が下方から迫《せま》り、駆真の足を、マーケルハウツごとがっしりと摑《つか》む。

「──あ」

次いで訪《おとず》れた衝撃《しょうげき》に、駆真は脳《のう》が揺《ゆ》さぶられるのを感じた。超高速度《こうそくど》での移動《いどう》中だというのに、急激《きゅうげき》なブレーキを外部からかけられたのだ。どんなに訓練を積んだ騎士であろうと、数秒の間強制的《きょうせいてき》に意識《いしき》が断絶《だんぜつ》されてしまうだろう。

その、集中が途切《とぎ》れている瞬間《しゅんかん》に、

「──っ！」

駆真の身体《からだ》は、無理矢理《むりやり》地面へと引っぱられた。

「────────ッ、────……、っ────！」

叫んでもいいはずだった。今この瞬間だけは蒼穹園騎士団少尉《しょうい》の肩書《かたが》きを捨《す》て十七歳《さい》の少女に戻《もど》ることが、確《たし》かに許《ゆる》されていた。顔も覚えていない天国の両親に助けを求めてもいい。娘《むすめ》だけを駆真のもとに残して死んだ兄の名を呼《よ》んでも構《かま》わない。この世でもっとも愛《いと》おしい、在紗の幻影《げんえい》に手を伸《の》ばすこともまた、素晴《すば》らしいことに思われた。

だが、出来なかった。プライドとかそういったものが邪魔《じゃま》をしたわけではない。ただ単《たん》純《じゅん》に、物理的に、肉体的に、不可能《ふかのう》であった。平時を遥《はる》かに超える重力をその身に受け、未《いま》だかつてない超速の自由落下を、奇襲《きしゅう》後《ご》のリアクションタイム中に体感させられ、駆真の身体は声を絞《しぼ》り出すことさえ忘《わす》れて地面に急降下《きゅうこうか》した。

「──ぅおっとぉ、マぁスター、危《あぶ》ないでスよぉ」

弾丸《だんがん》のような勢《いきお》いで落下した駆真の身体を捕《と》らえたのは、やはりその奇妙《きみょう》な発音の主であった。背《せ》から生えた第三の腕《うで》で駆真の足を摑《つか》み、その胴体《どうたい》を腕と胸《むね》を使って器用に受け止めている。

「それにしてもマぁスター、随分《ずいぶん》と身体軽ぃですネエ、ちゃんと食べてマスウ？」

「……っ、──けほ、けほッ」

詰《つ》まった息を吐《は》き出すように、乾《かわ》いた咳《せき》をする。数回ウタの胸の上で深呼吸《しんこきゅう》をした後、ようやく駆真は岩場に足をついた。

「き──さ、ま。何を──」

「ぅん？　ああ、オ礼なんていいデスヨオ」

「誰が──けほッ、礼など……！」

その場でさらに呼吸を繰《く》り返し、息を整える。

「やはり……やはり貴様《きさま》もか……ッ！　貴様も在紗と私のベリースウィートタイムを妨害《ぼうがい》しようと画策《かくさく》する輩《やから》なんだな……！　ああもう我慢《がまん》ならん。殺してやる殺してやる殺してやる……！」

〈漆黒少女《エボニーガール》〉を抜き、発砲《はっぽう》。弾《たま》はウタの頰《ほお》を薄《うす》く裂《さ》いて彼方《かなた》へ消えた。

「おホァッ！　な、なにスルんデスかマぁスター！」

「うるさい……ッ！　私の邪魔をする気なら容赦《ようしゃ》はしない！」

「い、イヤア、邪魔なんてトンデモナイ！　ワ、ワタクシはマぁスターの願いを叶《かな》えようト……」

「……何だと？」

効率《こうりつ》を第一に考える指揮官《しきかん》・鷹崎駆真が、姪《めい》を溺愛《できあい》する少女駆真の中で目を覚ます。駆真は少々悔《くや》しい心地《ここち》を感じながらも、その魔人に目を向けていた。

「……速いな」

「いんやぁ、そンれほどのこともナイデスヨオ。マぁスターの速さも立派《りっぱ》なモのです。追いつくのに時間カカッテしまいマシた」

「………………」

駆真は皓成大付属小がある北の方角に視線《しせん》を送りながら、唇《くちびる》を動かした。

「訊《き》くが」

「へイへい」

「おまえは、私を背負って全速力で走ることは可能か？」

「ほおホお、それはつまり、急ぎの用があるってことデ？」

「話が早くて助かる。私はどうしてもシャワーを浴び服を着替《きが》えてから、遅《おそ》くとも一時二十分までに小学校に着かねばならない」

「なにがアルンデ？」

「在紗の授業参観《じゆぎようさんかん》だ」

「アリサぁ？　誰《だれ》デスカア、それ」

ウタが、可愛《かわい》らしいとすら思える動作で首を傾《かし》げる。

「私の姪だ。だがその尊《とうと》き名を呼ぶ資格《しかく》を貴様ごとき下賤《げせん》の者に与《あた》えた覚えはない」

「は……ハあ。そうですか」

と、ウタの後頭部から、先端《せんたん》に眼球《がんきゆう》のついたケーブルのようなものが生え、うねうねと蠢《うごめ》きながら駆真の顔を観察し始めた。

「ふぅんむ。デモ、マぁスターの姪御《めいご》さんトイウんなら、さぞ可愛いんデショうねえ」

ウタが言うと同時、引き締《し》められていた駆真の頰《ほお》が、ぐにゃりと歪《ゆが》んだ。

「わかるか。わかるかわかるか。そうだよそうなんだよもお、めちゃくちゃ可愛いんだよお。——あ、写真見るか？」

「は……はア、んじゃマ、お願いシマす」

駆真が胸ポケットから在紗の写真を引っぱり出す。髪《かみ》も肌《はだ》も真っ白い少女が、まるで彼女のために誂《あつら》えられたような、これまた白いヒラヒラしたワンピースを着て、少し恥《は》ずかしそうに頬を染《そ》めて立っている。ちなみにその写真にはラミネート加工が四回も施《ほどこ》してあった。

「あラアラ、キレイな娘《こ》ヂャありませんカ」

「なんだなんだ、結構《けっこう》話のわかる奴《やつ》じゃないかええ。神が創《つく》りたまいし芸術品《げいじゅつひん》だぞ在紗は。その愛らしさは天に、その可憐《かれん》さは地に。もー全《すべ》てにおける超越者《ちょうえつしゃ》であり絶対者《ぜったいしゃ》。てかむしろ神？　そう言われても私は信じるぞ」

「ハア……そうなんで？」

「そうだよ。そうなんだよ。その通りなんだよ。だからわかるだろ、魔人ウタ。私は遅《おく》れるわけにはいかないんだ。可愛い可愛い在紗のためにもな。——ハイと言え」

「は……ハイ」

戦慄《せんりつ》した様子で両手を上げるウタ。無論《むろん》その鼻先には、〈漆黒少女《エボニーガール》〉が突《つ》きつけられている。

しかし駆真の命を聞くこと自体に異存《いぞん》はないらしい。ウタは駆真の前に跪《ひざまず》き、その背《せ》を開けた。

「悪いな」

まさかこの歳《とし》になって他人に背負われるなどとは思っていなかったが、仕方がない。今は一分一秒が惜《お》しいのだ。

「しっかり摑《つか》まっててクダサイナ」

と、ウタの背が蠢《うごめ》いたかと思うと、そこから、先刻《せんこく》駆真の足を捕《と》らえた腕《うで》のようなものが三本生えてきた。怪訝《けげん》そうな顔をする駆真の身体《からだ》に無遠慮《ぶえんりょ》に巻《ま》きつき、まるでおんぶ紐《ひも》のように彼女をウタの背に固定する。

「これっくらいしとかなイと、吹《ふ》っ飛ばされてしまうかも知レマせんカラネえ」

言ってから、ウタが上体を前に倒《たお》し、地を蹴《け》る。

瞬間《しゅんかん》——

「————！」

天駆機関の最高速と同等近いGが、駆真の身体を襲《おそ》った。スタートの直後からここまでの加速が可能《かのう》という彼女の異常《いじょう》すぎる身体能力にも驚愕《きょうがく》したが、あまりそれを嚙《か》みしめている余裕《よゆう》は無かった。何しろ今ウタが駆《か》けているのは駆真が移動するような天空ではない。騎士団《きしだん》のオフロード仕様車両でもそう簡単《かんたん》には通れないであろう悪路中の悪路である。舌《した》を嚙まぬよう歯を食いしばり、連続して襲ってくる凄《すさ》まじい震動《しんどう》に耐《た》えねばならなかった。

しかし——本当に信じられないことに——異常なほど速い。

駆真はショックよりも大きく感銘《かんめい》を、そしてそれより大きく、授業参観に間に合いそうであるという希望を感じた。

そうして、ウタは駆真を背負ったまま、たとえ前方に崖《がけ》などが現《あらわ》れようとも、まったく怯《ひる》むことなく走行を続ける。

と――ゴーグル越《ご》しに広がる進路上に、見知らぬ場所が確認《かくにん》できた。

山間《やまあい》に、ここでは貴重《きちょう》とも言える平坦《へいたん》なスペースが広がっており、奇妙《きみょう》な形をした巨大《きょだい》な石が円を描くように並《なら》べられている。

天然にはでき得ない様相の空間。これも何らかの遺跡《いせき》の一種なのかも知れなかった。

とはいえ、思考はそれでお終《しま》いである。たとえ歴史的にどんな意味を持つ遺跡であろうと、小学校への最短ルートの上に位置しているのであればただの障害物《しょうがいぶつ》に過《す》ぎないし、ウタがそれを気遣《きづか》って避《さ》けて通るとも思えない。

「ひゅー、ハー！」

駆真の予想は当たったようだ。ウタはなんのためらいもなく、もしかしたら重要な史跡《しせき》であったかも知れない石の中心を踏《ふ》んで先へ進もうとし――

「――――ん？」

駆真が怪訝《けげん》そうな声を上げて眼球を運動させる。

と、彼女を背負ったウタが、その場に停止したまま足をバタバタとやっていた。

「……何をしている」

「え……エート、なんか、ススメないんデスケド」

「何？」

駆真は改めて辺りを見回した。間違《まちが》いない、今駆真とウタは、奇妙な形の巨石《きょせき》でできた円の中央に静止している。否《いな》、それどころか、よくよく注意して見てみると、世界そのものが停止してしまったかのように、風に薙《な》がれる草木も、舞《ま》う砂埃《すなぼこり》も、気ままに浮《う》かぶ雲さえシンと静まり返っていた。

まるで駆真とウタだけが、世界に取り残されたかのような違和《いわ》感。駆真は眉根《まゆね》を寄《よ》せた。十と七年の人生の中でこのような体験をしたことは、それこそ夢《ゆめ》の中での出来事を含《ふく》めても一度たりとてない。

つと、ウタが前方に顔を向けた。

「どうかしたか」

「……いエ、今、何かガ……」

そのウタの感覚は正しかったようだ。彼女が見ていた地点の空間が、小石を投げ入れた水面のように揺《ゆ》らめき、そこから小さな白い何かが二つ、頭を出していた。

その白いモノは、どうやら指先であったらしい。本当に水面から徐々《じょじょ》に姿《すがた》を現すような滑《なめ》らかさで以《もっ》て、互《たが》いの手を取り合った、同じ貌《かお》の少女が二人、その空に降臨《こうりん》した。

「────」

「ようこそ、挑戦者《ちょうせんしゃ》さん」

「ようこそ、愚《おろ》かなヒト」

「うふふ、それはあまりではありませんの、霊由良《たまゆら》」

「あらあら、そうでしたわね、天由良《あまゆら》」

「うふふふふ」

「うふふふふ」

気味が悪くなるほど完璧《かんぺき》な左右対称《たいしょう》の動きをしながら、彼女らは貴族《きぞく》の令嬢《れいじょう》のように上品に笑った。

生まれた時代が時代なら、何らかの化生《けしょう》と疑《うたが》われるやも知れないほどの美貌《びぼう》を持った少女たちは、しかしまだ十と幾《いく》つか歳《とし》を重ねているようにしか見えなかった。そう、ちょうど在紗と同じくらいだろうか。

髪《かみ》は双方《そうほう》黒ではないが相当に深い色の、駆真のそれをも遥《はる》かに超《こ》える長髪《ちょうはつ》。そして完成に至《いた》るまでのプロセスがまったく窺《うかが》い知れないほど複雑《ふくざつ》な結《ゆ》い方で、二人の髪は途中《とちゅう》で一つにまとめられていた。これでは常《つね》に二人一緒《いっしょ》に行動せねばならないだろう。

「天由良――霊由良……？」

どこかで聞いたことのあるその名を口の中で転がしつつ、彼女らのその、王族でも何らかの式典でない限《かぎ》り身につけることはないような、やたらと煌《きら》びやかな装飾《そうしょく》が施《ほどこ》されたドレスに視線《しせん》を這《は》わす。

彼女らが、やはり微塵《みじん》もそのシンメトリーを崩《くず》すことなく動作しながら、再《ふたた》びその桜《さくら》の花びらのような唇《くちびる》を開いた。

「ええ」

「ええ」

「わたくしは地宮院《ちぐういん》・天由良」

「わたくしは地宮院・霊由良」

「わたくしたちの『迷宮《めいきゅう》』への挑戦者なんて、本当に久方《ひさかた》ぶりですわね、霊由良」

「わたくしたちの『迷宮』への挑戦者なんて、本当に久方ぶりですわよ、天由良」

互いの顔を見合わせてのち、半ば呆然《ぼうぜん》とした感で彼女らを見つめる駆真とウタに視線を戻《もど》してくる。

「ようこそ」「あなたの挑戦を認《みと》めましょう」

「この世の苦難《くなん》を集め集めた」「永久《とこしえ》の迷宮を抜《ぬ》けてみせてくださいまし」
「もしその試練に打ち勝つことができたのなら」「あなたは『神』の称号《しょうごう》を得ることになりましょう」

駆真はようやく思い出した。
地宮院・天由良と地宮院・霊由良。
蒼穹園神話における双子《ふたご》の大地神の名だ。
しかし駆真に、そんな超常《ちょうじょう》と出会ったという喜びや驚愕《きょうがく》はあまりなかった。
ただ一言、口に出すことがあるとするならば、彼女はこう言ったであろう。
「…………今度は神かッ！」と。

Case-04

ねえさまは
すごく
優しいです。

「……あ――――ッ」

脱力《だつりょく》したように天を仰《あお》ぎ、美須々《みすず》が喉《のど》からそんな声を絞《しぼ》り出した。

「覚悟《かくご》決めたつもりだったけど、やっぱ駄目《だめ》。時間経《た》つごとに気が滅入《めい》ってくるわ」

そうとだけ言って、また低いうなり声を上げ始める。

それが何のことを言っているのかはすぐに知れた。恐《おそ》らく、午後の授業《じゅぎょう》参観に来るであろう母君のことだ。さして気にするような問題には思えないが、美須々にとってはよほど致命的《ちめいてき》な事態《じたい》なのだろう。

時刻《じこく》は十一時三十五分。すぐ四時間目が始まってしまう。それが終われば授業参観までの壁《かべ》は給食と昼休みだけになる。クラスの皆《みな》も時間が進むに連れてわずかに興奮《こうふん》してきているようだ。中には美須々のように憂鬱《ゆううつ》そうにしている生徒もいたが、それは今日親が忙《いそが》しくて来られないからだと在紗《ありさ》は知っていた。

在紗は苦笑混《くしょうま》じりに美須々をなだめつつ、彼女の母君を思い起こした。三十代中頃《なかごろ》の、さして特徴《とくちょう》もない平凡《へいぼん》な女性《じょせい》だ。美須々が言うには服飾《ふくしょく》センスが破滅《はめつ》的という話だが、橙《とう》堂《どう》家に遊びに行った際《さい》に見た母君の服装は、さして奇抜《きばつ》なものでもなかったと記憶《きおく》している。美須々には悪いが、ここまで嫌《いや》がる理由が在紗には今ひとつ分からなかった。

美須々は在紗のそんな思考を見抜いたかのように、キッと目を尖《とが》らせると、胸元《むなもと》で手を組んでぶつぶつと呟《つぶや》き始めた。

「あー、もう。神様神様神様ッ！　事故《じこ》れとか病気とかそんな物騒《ぶっそう》なコト言わないけど、急にママの気が百八十度変わりますようにー」

組んだ手に力を込《こ》め、小刻《こきざ》みに震《ふる》わせながら頭上の方へ持っていく。彼女の異様《いよう》な気迫《きはく》も手伝って、その姿《すがた》は神に祈《いの》る敬虔《けいけん》な信徒というよりも、霊《れい》を退治《たいじ》する祈禱師《きとうし》か、藁人《わらにん》形《ぎょう》に呪詛《じゅそ》を刻む呪術師《じゅじゅつし》を思わせた。

「そ……そんなに嫌なんだ……」

頰《ほお》にひとすじ汗《あせ》を垂《た》らしつつ、在紗が美須々に問う。美須々は鬼気《きき》迫《せま》る笑《え》みを浮《う》かべると、当然といった様子で答えてきた。

「当たり前でしょ……今の私はママを来させないためなら何でもするわよ？　ああそうよ、神様が願いを叶《かな》えてくれないんなら、私自身が永久《とこしえ》の迷宮《めいきゅう》にだって挑戦《ちょうせん》してやるわ」

目をギラギラと輝《かがや》かせ、決して冗談《じょうだん》には聞こえない調子で言う。

永久の迷宮。その名には在紗も聞き覚えがあった。というか、蒼穹園《そうきゅうえん》国民であればほとんどの人間が知っているだろう。

それは『神』の称号《しょうごう》を得るための試練。壬耶聖教《みやせいきょう》の降臨書《こうりんしょ》に記された、この世のどこかに存在《そんざい》すると言われる神の宮《みや》である。

「確《たし》かその迷宮を抜けると人間でも神様になれるのよね。あー、羨《うらや》ましすぎ。こんなに神《じん》通力《つうりき》とか欲《ほ》しくなったの初めてよ」

「はは……」

力無く笑う在紗。

降臨書によれば、この世に存在する迷宮は一つではない。蒼穹園神話に在《あ》る神々の中で、上位から数えて二十四位までの神が、それぞれに己《おのれ》の力の粋《すい》を集めた試しの宮を持っているのだという。

だがそのいずれもが、並《なみ》の人間には抜けることが出来ない代物《しろもの》であると言われている。

事実、歴史上迷宮を抜けて神になったとされる人物は三名しかいない。

それを美須々のような動機で抜けてしまったら、さすがに挫《ざ》折《せつ》した幾人《いくにん》もの挑戦者《ちょうせんしゃ》たちが不憫《ふびん》である。在紗は猛犬《もうけん》か暴《あば》れ馬を落ち着かせるような心地《ここち》で美須々の頭を撫《な》でた。

「あ。でも……」

思い当たることがあって、在紗は口を開いた。

「……もし神様になったんなら、お母さんを来させないようにするよりも、そのお洋服のセンスを直したほうがいいんじゃない？」

「あ」

美須々がそれもそうか、と呟きながら後頭部をかいた。どうやらそんなものは思考の埒《らち》外《がい》に置かれていたらしい。如何《いか》に彼女がその致命的なセンスと母君を強く結びつけているかが示《しめ》されている気がして、さらに在紗は苦笑した。

◇

「…………」

駆真《かるま》は一言も言葉を発さず、目の前で顔を見合わせながら会話をするシンメトリーの双《ふた》子《ご》を睨《にら》み付けていた。

「あらあら、よくよく見てみれば挑戦者はお二人ですの？」

「天由良《あまゆら》、もっとちゃんと見てくださいまし。人間はお一人ですわよ」

「あら、本当ですわね」

「ええ、そちらの個性《こせい》的なお嬢《じょう》さんは人間ではないようですわ」

「この場合どう致《いた》しましょうか、霊由良《たまゆら》」

「人間がお一人であれば別によいのではございませんこと、天由良」

「そうですわね、霊由良」

「そうですわよ、天由良」

「うふふふふ」

「うふふふふ」

そんな笑い声を聞きながら、駆真はウタの背《せ》から降《お》りた。

彼女らがいるのは、もう先程《さきほど》の遺跡《いせき》ではない。駆真が瞬《まばた》きをした一瞬《いっしゅん》の間に、仄暗《ほのぐら》い、見知らぬ石造《いしづく》りの部屋に移動《いどう》していた。

「うはぁあ、なんデスカア、ここ」

「…………」

驚《おどろ》いたように触手《しょくしゅ》の先の眼球《がんきゅう》を揺《ゆ》らすウタとは逆《ぎゃく》に、駆真はもうこの程度《ていど》の超常《ちょうじょう》には動《どう》揺《よう》しなくなっていた。ただ頬の筋肉《きんにく》をひくつかせた表情《ひょうじょう》で腰《こし》から〈漆黒少女《エボニーガール》〉を抜《ぬ》き、その双子の大地神に照準《しょうじゅん》を合わせる。

ぱん、ぱん、と乾《かわ》いた音が二発。駆真はその少女たちに、何の躊躇《ためら》いもなく発砲《はっぽう》していた。今日の消費弾数《だんすう》はこれで五発。あとで用途《ようと》不明の弾丸があることを追及《ついきゅう》されるかも知れないが、その場合は正直に魔王《まおう》と魔人《まじん》と神を撃《う》ったと答えればいい。発砲後も、駆真に後悔《こうかい》はなかった。

駆真は決して射撃《しゃげき》が得意なわけではない。しかし、何やら正体不明の潜在能力《せんざいのうりょく》とかそういった類《たぐい》のモノでも覚醒《かくせい》したように、その銃弾《じゅうだん》はキレイに神たちに命中した。二人の頭部がほぼ同時に後方へと弾《はじ》かれる。

「うあ、ぁぁあー。なにしテルンデスカア、マぁスター。相手は神サマらしいデスヨ？」

「知ったことか。これ以上私の邪魔《じゃま》をする奴《やつ》が増《ふ》えてたまるか。あと少しでも遅《おく》れたら授《じゅ》業《ぎょう》参観に間に合わないンダヨ。ワカッテンノカ貴様《きさま》ァ」

「な、なんか目ェ怖《こわ》いデスヨマぁスター……」

ウタが戦《おのの》くように呟く。

しかし双子は何事も無かったかのように首を起こすと、互《たが》いにきょとんと顔を見合わせてから唇《くちびる》をすぼめ、そこからひしゃげた二十四口径弾をぺっ、と吐《は》き出した。

「…………な」

驚愕《きょうがく》というより忌々《いまいま》しげな調子で、駆真。

「びっくりしましたわね、霊由良」

「びっくりしましたわよ、天由良」

「会っていきなり攻撃《こうげき》されたのなんて」

「長いこと生きていますけれど初めてですわね」

「最近のお若《わか》い人はキレやすいって、天幻院《てんげんいん》が仰《おっしゃ》っていませんでした？」

「仰っていましたわね。これからは気を付けなければなりませんわ」

そこで二人は首を駆真の方に向けた。本当に、喋《しゃべ》っている時の口の動き以外、その左右対称《たいしょう》の動作には寸分《すんぶん》の狂《くる》いもなかった。まるで鏡でも見ているような感覚だ。

「貴重《きちょう》な教訓をありがとうございますわ」

「あなたの健闘《けんとう》をお祈《いの》りしておりますわ」

そう言って軽く礼をし、天由良と霊由良が足下《あしもと》からゆらゆらと消えていく。

「待て」

上半身だけが残った二人に、駆真が無駄《むだ》とは知りつつも銃口を向けながら言った。

「私は神の称号《しょうごう》などいらない。試練を受ける気もない。だからここから出せ」

もし眼光で人が殺せるのなら、一瞬にして大量殺人犯《さつじんはん》になってしまいそうな目で二人を睨み付ける。もっとも、彼女らはその剣《けん》のような視線《しせん》すら、容易《たやす》く止めてしまうのかも知れなかったけれど。

「困《こま》りましたわね、霊由良」

「困りましたわよ、天由良」

言うほどに困っている様子もなく、双子は身体《からだ》が半分掻《か》き消えた状態《じょうたい》で言葉を続けた。

「この迷宮《めいきゅう》に足を踏《ふ》み入れること自体が」「一つの契約《けいやく》となっているんですのよ」

「ですからあなたはここに来てしまった時点で」「試練を受けなくてはならなくなりましたの」

「どうか頑張《がんば》って」「この深く広く長い迷宮を突破《とっぱ》してくださいまし」

「さすればあなたは神の称号を得」「この迷宮から解《と》き放たれましょう」

そこまで言ったところで、二人の姿《すがた》は完全に、消えた。

「——くそッ」

不機嫌《ふきげん》さを隠《かく》そうともせずに、その場に唾《つば》まで吐き捨《す》てる。どうやら本当に、この迷宮をクリアしなければならないらしい。

駆真は改めて自分の居《い》る場所を確認《かくにん》した。異様《いよう》に歳《とし》を経《へ》た石材で覆《おお》われた部屋。天由良と霊由良の消えた方向に一つ扉《とびら》のようなものがあるが、その他《ほか》には薄《うす》ぼんやりとした不思議な光源《こうげん》と、黴臭《かびくさ》い空気しかありはしない。

「ドウしましょ、マぁスター……」

情《なさ》けない声で盲目《もうもく》の魔人が問いかけてくるが……駆真は答えず、一歩足を踏み出した。

そう、答えなど、一つしかない。

「……壬耶《みや》聖教の降臨書《こうりんしょ》によれば、今までもっとも早く迷宮を抜けた者は、識字《しきじ》の神になったとされている聖者《せいじゃ》、蘆田《あしだ》珀烙《はくらく》だ」

「は……はあ、そうなんデスカア？」

「彼は三十の夜を一睡《いっすい》もせずに過《す》ごし、海洋神の迷宮を突破したという」

「はー……三十日……。そりゃ、普通《ふつう》の人間ニハ不可能《ふかのう》ナンではナイデスカア？」

「だろうな。それに何より」

駆真は懐中《かいちゅう》時計を取りだし、その無慈悲《むじひ》な針《はり》を目で追った。

十一時五十分。

死刑宣告《しけいせんこく》でも受けるかのような心地《ここち》でそれを眺《なが》めてから、駆真は拳《こぶし》を握《にぎ》る。

「…………時間がない。記録を塗《ぬ》り替《か》えるぞ」

「おお、カッコいいでスよマぁスター！」

蒼穹園騎士団《きしだん》の魔女《まじょ》・鷹崎《たかさき》駆真と、古代皇華栄禅《おうかえいぜん》の魔人・ウタ。

恐《おそ》らく今までで最強といえるであろう挑戦者たちの来訪《らいほう》を喜ぶように、長い軋《きし》みを伴《ともな》いながら、その扉は口を開けた。

◇

「……ふゥ。これで全部か？」

バゼット式天駆《てんく》機関《きかん》を〈停《ステイ》〉駆動《くどう》させ、空中に停止していた三谷原《みやはら》が、額《ひたい》に浮《う》かんだ汗《あせ》を服の袖《そで》で拭《ぬぐ》いながら呟《つぶや》いた。

彼をはじめとする鷹崎小隊のメンバーたちは、岬大尉《みさきたいい》の指示《しじ》の元、先程掃討《さきほどそうとう》を終えた空獣群《エアぐん》の死骸《しがい》を回収《かいしゅう》していた。この異形《いぎょう》の生物の死骸は天駆機関に代表される様々なモノの材料となるので、騎士団としても無駄にはしたくないのである。

しかしそれは理解《りかい》できても、その作業の面倒《めんどう》さが軽減《けいげん》されるわけではない。三谷原は辺りに血の一滴も残っていないことをざっと確認して、やれやれとくたびれた息を吐《は》いた。しかしまだ一服は出来ないようであった。彼はだらしなく曲がった眉《まゆ》を不満の形に下げる。

理由は一つしかない。インカムから、岬大尉の野太い声が聞こえてきたからだ。

『どうやら死骸の回収は終わったようだね、三谷原曹長《そうちょう》』

「……はいよ、万事《ばんじ》滞《とどこお》り無く」

『結構《けっこう》。――しかしすまんね。今はまだ労《ねぎら》いの言葉をかけてやれそうにない』

「と、言いますと？」

『悪い知らせだ。また新たな空獣群《エアぐん》が確認された』

「うへェ」

どうせ表情《ひょうじょう》などは先方には窺《うかが》い知れない。三谷原は思い切り嫌《いや》そうな顔をしながら応対《おうたい》した。

『鷹崎少尉《しょうい》にも連絡《れんらく》をさせているが……どうも繫《つな》がらない。最悪の場合、君が小隊長代行として対応にあたってもらうことになる』

それはそうだ。駆真にとって在紗の授業《じゅぎょう》参観は、それこそ祖国《そこく》が独立《どくりつ》するのと同じくらいのビッグイベントである（別に蒼穹園はどこの属国《ぞっこく》でもないけれど）。もし彼女が酒場の店主なら、住民全員に上等の酒を無償《むしょう》で振《ふ》る舞《ま》い朝まで騒《さわ》ぎ通すことだろう。無論《むろん》、彼女自身もイベント中は在紗という美酒に酔《よ》いっぱなしだ。インカムから入る通信に耳を向ける常識《じょうしき》などは存在《そんざい》するまい。

と、そこで三谷原は違和《いわ》感に首をひねった。

「……うん？　大尉んトコの中隊や、葛谷《くずや》サンの小隊はどうするんで？」

彼の言葉に岬大尉はたっぷり肺《はい》に息を溜《た》め、

『悪い知らせだ、と言ったろう。誰《だれ》が空《エ》獣《ア》群の数は一つと言ったかね』

三谷原に負けないような面倒くさそうな調子でそう言った。

◇

駆真とウタの両脇《りょうわき》は、絶壁《ぜっぺき》であった。

とはいえ、その説明だけでは不十分だろう。何しろ彼女らの脇には、絶壁が切り立っていたのだから。

そう、その迷宮《めいきゅう》の道はまるで谷底を渡《わた》っているかのような感覚が伴《ともな》うものであった。規則《きそく》的に並《なら》べられた石材の壁は終わりが見えないほどに高く、それだけで挑戦者《ちょうせんしゃ》の意気《き》を薄《うす》めていってしまうかのような威圧《いあつ》感がある。

しかし無論《むろん》、駆真とウタはそんなことになどまったく構《かま》わず、壁にところどころ設《しつら》えられた不思議な光源《こうげん》をたよりに迷宮の攻略《こうりゃく》を進めていた。常識外の短期クリアを狙《ねら》う駆真の意向により、双方《そうほう》ペース配分を無視《むし》したような高速で、その広すぎる空間に足音を響《ひび》かせる。

「――ち、行き止まりか」

「ああぁ、こっちも駄目《だめ》デスネエ」

「ならばそちらだ。行くぞ」

「ぉあ、待ってクダサアイ」

天駆機関もウタの走行も、爆発《ばくはつ》的な加速が特長の移動法《いどうほう》である。このように複雑《ふくざつ》に曲がりくねった道を進むことには適《てき》さなかった。苛立《いらだ》ちが募《つの》っていくのをどうにか抑《お》え込《こ》みつつ、伝説的な聖者《せいじゃ》を馬鹿《ばか》にするような記録を樹立《じゅりつ》し一刻《いっこく》も早く外に出るため、二人はさらに迷宮の奥《おく》へ奥へと突《つ》き進んだ。

そんな折。がしゃん、と、駆真のマーケルハウツが一際《ひときわ》大きな音を立てる。そしてその音を区切りに、彼女は金属音《きんぞくおん》を止めた。

理由は駆真の表情が物語っていた。彼女は信じられないものを見るかのような顔で通路の先——行き止まりの壁を見つめ、手足を小刻《こきざ》みにカタカタと震《ふる》わせている。

「……マぁスター？」

不審《ふしん》そうな声とともに、先を走っていたウタが彼女の元に戻《もど》って来るが、それに応対する余裕《よゆう》すら、今の駆真には一摑《ひとつか》みも残されていなかった。

迷宮の行き止まり地点。

そこに、全身を真っ白な絵の具で彩色《さいしき》されたかのような少女が立っていたからだ。

「あ、在紗——？」

そう、それは間違《まち》いなく駆真の最愛の姪《めい》、鷹崎在紗であった。彼女を構成《こうせい》する色の中で唯一《ゆいいつ》の仲間外れである血色《ちいろ》の眼《め》が、いつものように駆真を真摯《しんし》に見つめてきている。

「なんでこんなところに……学校にいたんじゃないの？」

駆真の表情と口調が、劇的《げきてき》なまでに一瞬《いっしゅん》で変化する。しゃべり方、細かな仕草、それらの隅々《すみずみ》に至《いた》るまでが、平時から優雅《ゆうが》であるとはいえあくまで戦士のそれから、母親とか恋《こい》人《ぴと》とかそういった、見る者を虜《とりこ》にする丸みを帯びた魅力《みりょく》に染《そ》まっていった。

ウタが「うハぁ」とあからさまに驚《おどろ》いた声を出しているが、無論駆真の耳には入らない。

彼女の世界は在紗を視界の中に捉《とら》えた瞬間、今までとは別の法則《ほうそく》でもって成り立ってしまうように出来ているのだ。

在紗が、小さな歩幅《ほはば》でてくてくと歩み寄《よ》ってくる。

「在紗……」

駆真も軽く膝《ひざ》を折り、在紗と目線の位置を合わせてやった。と――

「――――え？」

ぱちん、と。

在紗が、駆真の頬《ほお》を平手で思い切り叩《たた》いた。

「あ――在、紗……？　え――、……ど、ど、どうしたのかな。お姉ちゃん何か……」

震える声で恐《おそ》る恐《おそ》る、駆真が向かい合う姪に視線を戻す。

すると在紗は、まるで汚物《おぶつ》を見るような目を駆真に向け、

「ねえさまなんか大っっっっっ嫌《きら》いっ！　死んじゃえ！」

そう言い放って彼女の脇《わき》を走り抜《ぬ》けていった。

「…………………………」

――沈黙《ちんもく》。

もとよりそう賑《にぎ》やかな空間ではなかった。虫が地面を這《は》い回る音すらしない、静寂《せいじゃく》の迷宮。

しかしそれはあくまで静寂であったのだ。今は違う。呆然《ぼうぜん》として言葉を発するという行動をなくしてしまった駆真と、その気まずさに固まってしまったウタという、本来ならば音を出すことも会話をすることも可能《かのう》であるはずの者たちがいるというのにそこに構築《こうちく》された、不自然な沈黙。

「……あ、あノオ……」

やがてその空気に耐《た》えられなくなったのだろう、ウタが駆真の元に足を寄せ、遠慮《えんりょ》がちに話しかけた。

「マぁスター……ドウ考えてもおかしーデスヨオ。姪御《めいご》さんがこんなとコにいるハズがナイデショウ。きっとこれ……」

ウタが駆真の肩《かた》に触《ふ》れる。と。

ごろん。

「うえ……？」

ウタは指先をびくっと揺《ゆ》らし、手を引いた。それはそうだろう。何しろウタが触れた瞬間、駆真はその姿勢《しせい》を維持《いじ》したまま床《ゆか》に倒《たお》れ込んでしまったのだから。

「ま、マァスター……」

駆真の前方にウタが回り込むと、ようやく彼女は不自然に固まっていた手足を重力に従《したが》わせる。しかし起きあがる気配は一向になかった。金属で覆《おお》われた手を目元に送り、嗚咽《おえつ》とともに流れ出てくる涙《なみだ》を拭《ぬぐ》う。

「…………うっく……、ぇっく、あ、ああ、ありさぁ……」

「ぇ、えーとぉ……」

「なんでそんなこと言うんだよぉ……お姉ちゃんは……お姉ちゃんはいつだってどこだって在紗のことを……っく、ぅあ、うわあああああああああああああああああああああああああああああああああああんッ！」

まるでお気に入りの玩具《おもちゃ》を壊《こわ》されてしまった子供《こども》のように大泣きする駆真。ウタは顔全体で器用に「困《こま》った」を表現《ひょうげん》しながら、おろおろとその場で赤子をあやすかのように手を振《ふ》ることしかできなかった。

◇

給食のパンをくわえたところで、在紗はふっと顔を上に向けた。自然口にはパンがついてきて、まるで骨《ほね》にかじりついた犬のような格好《かっこう》になってしまう。

「ど、どしたのアリサ。何その珍妙《ちんみよう》かつ可愛《かわい》らしいポーズ」

美須々の言葉に在紗は急いでパンをかじり、もふもふと咀嚼《そしやく》して飲み下した。

「……ううん、なんか今……ええと」

ちらりと空の方を一瞥《いちべつ》してから、首を傾《かし》げる。

「……なんでもない」

一瞬駆真に名を呼《よ》ばれた気がしたのだが……気のせいであろうか。

在紗はもう一度、今度は逆《ぎやく》の向きに首を折り、食事を再開《さいかい》した。

◇

「……マぁスター、いっつまで落ちこんデルンデスカア」

「………………っ、うえっく、いっく……、在紗……ありさ……アリサぁ……」

今現在《いまげんざい》の駆真は、迷宮《めいきゆう》の壁《かべ》に向かって膝《ひざ》を抱《かか》えて座《すわ》り込み、顔を俯《うつむ》かせながら、右手の人差し指で地面にわけの分からない紋様《もんよう》を描《えが》いていた。

「ほぉらぁ、姪御さんのジュギョーサンカンに行くんデショウ？　早くしナイト……」

ウタのその言葉に駆真が陰鬱《いんうつ》な眼差《まなざ》しを肩越《かたご》しに一瞬《いつしゆん》だけ覗《のぞ》かせる。しかしすぐに顔の

向きを下落させると、

「……だって、だって……在紗が……在紗がさ、私のこと……き、……きら、きら……」

どうやら『嫌い』の一言を己《おのれ》の口から出すのを躊躇《ためら》っているようであった。確《たし》かに自分で言葉を発音するということは、自然それが内包する意味を認識《にんしき》することとなってしまう。しかしその結果彼女の言葉は「在紗が私のことキラキラ」などというよく分からないものになってしまい、ウタを苦笑《くしよう》させるのであった。

無貌《むぼう》の女。鉄仮面《てつかめん》。蒼穹園の魔女《まじよ》。そんな名で呼ばれる騎士団少尉《きしだんしようい》とは思えぬ情《なさ》けない落ち込みっぷりではある。

「あ……ああ、うわあああああ…………」

「でスカラあ、あの姪御さんハおかしぃデスッテエ、冷静に考えてみマショウよお」

「そ……そうかな……そうかな。ホントにそうかな……」

「そうですヨオ、ここは神サマの迷路《めいろ》なんでスモノ、あれっくらいのマボロシくらい覚悟《かくご》シナイト」

「……だよね、そうだよね……在紗が私にきら……なんて言うはずないよね……」

「もっちろんデスヨオ。なにせ——」

ウタが言いかけたところで。

「──臭《くさ》い」

いつの間にかそこに現《あらわ》れた在紗が、まるで汚物《おぶつ》を見るかのような目で駆真を睨《にら》み、そんな言葉を発した。

「え……な、な──」

「ねえさま、臭い。何その臭《にお》い。汗《あせ》？　血？　ああ……違《ちが》う。ねえさまそのものが臭ってるんだ。ねえさまみたいな汚染物質《おせんぶっしつ》はそこにいるだけで公害。もうここも危《あぶ》ない。きっと通常値《つうじょうち》の十万倍以上の駆真濃度《のうど》が検出《けんしゅつ》される。汚染地域《ちいき》。生命なんて存在《そんざい》出来ない。あまりに不快過《ふかいす》ぎて」

いつもの在紗からは想像《そうぞう》も付かぬ勢《いきお》いで、息継《いきつ》ぎさえせずに罵詈雑言《ばりぞうごん》を並《なら》べ立てる。駆真は呆然《ぼうぜん》としながらそれを聞くことしか出来なかった。

「ちゃんとお風呂《ふろ》入ってる？　そんな体臭《たいしゅう》で授業《じゅぎょう》参観に来られると、私、困る。恥《は》ずかしい。ねえさまみたいなのの姪《めい》っ子《こ》だなんて知れたら、もう学校行けない。ねえ、本当に、学校来ないで。そんな腐臭漂《ふしゅうただよ》わせてるなら早いとこ腐《くさ》りきって。臭い、臭い」

言って、在紗は鼻をつまみながら迷宮の奥《おく》へと消えていった。

「…………」

駆真はしばし無言で在紗の消えた方向を眺《なが》めていたが、すぐにカタカタと歯を震《ふる》わせてウタの方に視線《しせん》をやった。視界は既《すで》に涙でぼやけている。

「う、ウタ……ッ！　わ、私はそんなに臭うのか……ッ？　参観行ったら在紗が困るのか……ッ？」

「い、いや、ソンなことナイですって」

「で……でもでも、私運動量すごいし、汗かくし、空獣《エア》の血付けっぱなしだし……ああああ、ごめんごめんごめんごめん在紗ぁぁぁぁぁ」

「……いや、だぁからぁ、マぁスター、こんなトコロに姪御さんが……」

と、言うウタの背後《はいご》に、三度《みたび》在紗が現れる。

「あ、ゴキブリ。……違った、ねえさまだ。あんまり似《に》てるから間違っちゃった。その髪《かみ》の光り方、アレの羽根そっくりだね」

そんな致命《ちめい》的な一言を残し、またも闇《やみ》の中に消えていく。

「――――ッ！」

心臓《しんぞう》を撃《う》ち抜《ぬ》かれたかのような錯覚《さっかく》。駆真は胸《むね》を押《お》さえて地に突《つ》っ伏《ぷ》した。

「あ、あ、在紗ぁ……在紗この髪綺麗《きれい》って言ってくれたじゃないかよぅ……だから作戦行動には向かないけど、今までのばしてきたのに……ッ」

呻《うめ》くように言いながら髪を一房《ふさ》つかみ取り、ポーチから取り出したアーミーナイフを押しつける。──が、すぐにウタに取り押さえられ、ナイフを没収《ぼっしゅう》された。

「……冷静にナッテください。コンナトコデ足踏《あしぶ》みシテル暇《ひま》はないでしょぉ」

「そ……そうね。──ああいや、そうだな」

未《いま》だ情熱《じょうねつ》的なリズムを刻む心臓をどうにか抑え込《こ》みながら、駆真が口調を正す。

無論《むろん》駆真とて、あの在紗が本物だとは思っていない。しかし、駄目《だめ》なのだ。在紗を愛するという概念《がいねん》が駆真の基本骨子《きほんこつし》に、遺伝子《いでんし》に、塩基《えんき》配列にしかと刻《きざ》まれてでもいるように、脳《のう》が冷静に判断《はんだん》するより早く、駆真の心中は在紗への様々な感情によって埋《う》め尽《つ》くされてしまう。その速度はまさに脊椎反射《せきついはんしゃ》レベルである。まさに、鷹崎駆真にとって天敵《てんてき》のような迷宮《めいきゅう》であるといえた。

「……お姉ちゃん今までで一番キツイかもしんないよぉ、在紗ぁ……」

「ふぇ？　ナンですカア？」

「……いや、なんでもない。先を急ぐぞ」

流れたがる涙《なみだ》を無理矢理《むりやり》引っ込め、駆真は迷宮攻略《こうりゃく》を再開《さいかい》した。

◇

「あらあらあら」

「あらあら」

永久《とこしえ》の迷宮に唯一在《ゆいいつあ》る終着点にて、二人の大地神、天由良と霊由良は、示《しめ》し合わせたわけでもないのに同時に互《たが》いの顔を見、そんな言葉を発してから、目の前に展開《てんかい》される挑戦《ちょうせん》者《しゃ》の健闘《けんとう》に視線を戻《もど》した。

終着点とはいえ、別段内装《べつだんないそう》が迷宮のそれと変わるわけではない。おぼろげな明かりに照らされただけの、簡素《かんそ》で小さな部屋だ。ただ彼女らの後ろにある、外界へと続く扉《とびら》と、前方にある、迷宮を行く挑戦者を映《うつ》し出す大きな水晶板《すいしょうばん》だけが、他《ほか》の箇所《かしょ》と異《こと》なった点ではあった。

もっともここに辿《たど》り着くことができるのは、神の称号《しょうごう》への執着《しゅうちゃく》を完全に断《た》ち切った者のみであるので、華美《かび》な装飾《そうしょく》などは必要ない。無論終着の部屋を宮殿《きゅうでん》さながらに飾《かざ》り立てる神もいることはいるが、それはあくまで個人《こじん》の趣味《しゅみ》である。天由良も霊由良も、その煌《きら》びやかな出《い》で立ちのわりにそういったものは持ち合わせていなかった。

「鷹崎駆真さんと仰《おっしゃ》いましたわね、あのお方は」

「鷹崎駆真さんと仰いましたわよ、あのお方は」

「レベル1の試練であそこまで動揺なさるお方も初めてですわね、霊由良」

「レベル1の試練であそこまで動揺《どうよう》なさるお方も初めてですわよ、天由良」

そう。まだ迷宮の試練は序章《じょしょう》にも達していない程度《ていど》だ。大抵《たいてい》の人間は、自らの愛する者の登場や豹変《ひょうへん》に驚《おどろ》きを見せはするものの、そこは各々修行《おのおのしゅぎょう》を積んだ求道者である。すぐに冷静さを取り戻し、次の試練へと向かう。

「まあ、純粋《じゅんすい》なのかも知れませんわね」

「ええ、純粋なのかも知れませんわよ」

「ああ、それにしても」

「ええ、それにしても」

天由良と霊由良は水晶板に映る光景を眺めながら、再《ふたた》び顔を見合わせた。

冷たい目をしながら聞くに耐《た》えない暴言《ぼうげん》を吐《は》いている真っ白い少女（無論、迷宮が見せる幻影である）と、それを目《ま》の当《あ》たりにしてまるで子供《こども》のように泣き叫《さけ》ぶ挑戦者。そしてそれを羽交《はが》い締《じ》めにしてなんとかなだめようとしている人間外のモノ、という、端《はた》から見ているとまこと不思議な映像《えいぞう》である。

「何故《なぜ》先程《さきほど》からこの真っ白い少女しか、幻《まぼろし》が出てこないのでしょうね」

「ええ、そうですわね。きっと駆真さんが、この娘《むすめ》のことをとても大切に思っているからではありませんの？」

「まあ、愛ですわね」

「ええ、愛ですわよ」

「それは素敵《すてき》ですわね、霊由良」

「うふふふふ」

「それは素敵ですわよ、天由良」

地宮院《ちぐういん》姉妹はまたも優しげに、しかし不気味に笑い、挑戦者の観察を続けた。

◇

「…………………おぉぉぉ」

駆真は四つん這《ば》いの格好《かっこう》で地面を睨《ね》めていた。

——否《いな》、それには少々語弊《ごへい》があるか。一応《いちおう》顔も目も下方に向いてはいる。しかしそれだけだ。駆真の脳には視界《しかい》から入った情報《じょうほう》を処理《しょり》する余裕《よゆう》が残されていなかった。睨《にら》むことなど出来ようがない。

大きく息を吐くが、それでも激《はげ》しい動悸《どうき》は収《おさ》まりそうになかった。額《ひたい》に浮《う》かんだ汗《あせ》も、断続《だんぞく》的に震える四肢《しし》も、完全に落ち着かせるにはまだまだ時間がかかりそうだ。

「だ……大丈夫《だいじょうぶ》デスかマぁスター……」

ウタが心配そうに言ってくるが、今はそれに返すゆとりさえない。なんとか意識《いしき》を保《たも》ちつつ、彼女の方に視線を移《うつ》す。駆真はその際《さい》目に入った己《おのれ》の黒髪《くろかみ》に小さな安堵《あんど》と違和《いわ》感を覚えた。もうとうに白髪《しらが》になってしまっているだろうと確信《かくしん》していたから。

迷宮の攻略を再開してから約三十分。その間駆真は、まるでこの世の地獄《じごく》を煮詰《につ》めた釜《かま》に放《ほう》り込まれたかのような体験をしていた。

今まで現《あらわ》れた在紗の幻影《げんえい》の数はもう幾《いく》つか知れない。それら全《すべ》てが例外なく、豊富《ほうふ》な語《ご》彙《い》と心を抉《えぐ》る表現力《ひょうげんりょく》を以《もっ》て駆真に罵《ののし》りの言葉を浴びせかけてきた。駆真の深層意識《しんそういしき》の最奥《さいおう》にあるような些細《ささい》なコンプレックスを掘《ほ》り起こし、刺《さ》し、穿《うが》ち、そして最後にその傷口《きずぐち》に塩どころか上質《じょうしつ》の唐辛子《とうがらし》を塗《ぬ》っていく。

それぞれが駆真を精神崩壊《せいしんほうかい》に追い込めるだけの威力《いりょく》を持った、悪趣味《あくしゅみ》な幻影である。彼女は糸の切れた人形のように首をカラカラ動かし、その場に倒《たお》れ込んだ。

「マぁスター！　マぁスター！」

ウタが肩《かた》を揺さぶってくる。まるで三日睡眠《すいみん》をとっていないときのような慢性《まんせい》的な吐き気が腹《はら》の底から湧《わ》き上がってくるのをどうにか押さえ込み、駆真は辛《かろ》うじて上体を起こした。

「……ごめん、ちょっと、これ、ホント、キツい」

よろめきながらも、ウタに肩を借りて立ち上がる。

と、駆真がようやくバランスを取り、ウタから手を離《はな》したのと同時に、

「ねえさま」

またも目の前に、在紗が出現した。

「ひ――ッ」

大好きな在紗の姿《すがた》ではあるのだけれど……一瞬《いっしゅん》駆真の身体《からだ》が硬直《こうちょく》する。この悪趣味な迷宮が今度は一体どんな在紗を見せてくるのか。それを考えるだけで怖気《おぞけ》が立った。

しかし今度の在紗は駆真を嫌《きら》うでも嘲《あざけ》るでもなく、ゆっくりとした足取りで近づいてくる。駆真は警戒《けいかい》は解《と》かずにそちらを向いた。

「あ、在紗……？」

と、在紗は駆真の言葉に優しく微笑《びしょう》したかと思うと、その細い手を広げ、駆真をぎゅっと抱《だ》きしめてきた。

「な――」

急な事態《じたい》に別の意味で全身が緊張状態《きんちょうじょうたい》に入る。ようやく収まりかけていた発汗《はっかん》、動悸が容易《たやす》く再発《さいはつ》し、どんな危機的状況《ききてきじょうきょう》にも乱《みだ》れたことのない思考が混乱《こんらん》した。

「ど、どどうしたの在紗――ッ」

しかし在紗は答えず、駆真の胸《むね》に埋《う》めていた顔を少しだけ上方に向けるだけだった。何かを訴《うった》えかけてくるような上目遣《うわめづか》いの表情、桜色《さくらいろ》に染《そ》まった頰《ほお》、そして微《かす》かに感じられる吐息《といき》。駆真の脳《のう》が沸騰《ふっとう》するのに、さほど時間はかからなかった。

そしてそのタイミングを見計らったかのように在紗が「大好き」などと言うものだから、駆真は耳から湯気でも出てしまうのではないかと思えるほど顔を真っ赤に染めて、頭を高速で震動《しんどう》させざるを得なかった。

「ま、マぁスター！　落ち着いテクださい！　その婗御《めいご》サンは偽物《にせもの》なンですから！」

「わ、わわわ分かってる……！　で……でも何コレやばいって。ま、まさかの新アプローチ……ッ――」

至福《しふく》、陶酔《とうすい》、恍惚《こうこつ》。様々な脳内物質《のうないぶっしつ》が異常分泌《いじょうぶんぴつ》されているであろう興奮《こうふん》が爪先《つまさき》から髪の先まで巡《めぐ》っているかのような錯覚《さっかく》。思えば駆真が在紗に抱きつくことはあっても、逆《ぎゃく》のパターンはそうなかった。端的《たんてき》に言えば――そう、夢《ゆめ》のようだ。

――しかし。駆真は下唇《したくちびる》を嚙《か》んで思い直す。

一時の誘惑《ゆうわく》に負けて本当の在紗を悲しませるわけにはいかない。少々時間はとってしまったが、吹《ふ》き荒《あ》れるアドレナリンとエンドルフィンの中、駆真の理性《りせい》が顔を出した。呼吸《こきゅう》を整え目を瞑《つぶ》り、胴部《どうぶ》に抱きつく在紗の腕《うで》を優しくほどく。

そして身体が完全に離れたところで安堵《あんど》と落胆《らくたん》の混《ま》じったような息を吐《は》き、ゆっくりと目を開ける。が。

「——ッ」

肩をすぼめ片手《かたて》を口の辺りにやって、少し寂《さび》しそうな目で駆真を見つめている在紗と目が合い、彼女はまたも硬化《こうか》した。

「え、ええと、あのね、別に在紗のことが嫌《きら》いとかそういうんじゃなくて、ね？　ほ、ほら、なんて言ったらいいのかな。ええと……その……」

アステナのようにしどろもどろになりながら、ジェスチャーさえ交《まじ》えて弁解《べんかい》を始める駆真。その姿があまりにも情《なさ》けなかったのだろう、ウタがため息を吐きながら駆真の腕を引っ張《ぱ》ってきた。

「ほォラ、早く行きマすよお。そンなの無視すれバいいンです！」

「な、おまえ——」

一瞬抗議《いっしゅんこうぎ》が頭に浮かぶが……どう考えても道理はウタにあった。駆真は無理矢理《むりやり》自分を落ち着かせ、後ろ髪《がみ》を機械に巻《ま》き込《こ》まれるかのような心地《ここち》で在紗の幻影に背《せ》を向けた。ウタに先導《せんどう》される形で迷宮を進んでいく。

「——ねえさま、行っちゃうの……？」

がら足を進める。

背後《はいご》から響《ひび》いた声に、駆真は唾液《だえき》を飲み込んだ。胸元《むなもと》を押《お》さえ冷静に、冷静にと呟《つぶや》きな

しかし今度は駆真たちを追うような、小走りの足音が響いてきた。そして――途中《とちゅう》で躓《つまず》いたのだろう、靴音《くつおと》が止《や》むと同時に柔《やわ》らかいものを床《ゆか》に打ち付ける音が聞こえてくる。

「あ――在紗ッ!」

振《ふ》り向き、そちらに駆《か》け寄《よ》ろうとしたところで、ウタに両肩《りょうかた》を押さえられる。

「離せッ!　在紗が……」

「あー、ダから気にしチャダメですッて!」

ウタに羽交《はが》い締《じ》めにされながらもバタバタと手足を運動させる。

在紗は俯《うつぶ》せの状態から一度うずくまるような格好《かっこう》になって、身体を起こした。転んだ際《さい》に打ち付けたのだろう、額《ひたい》が赤くなっている。

「――っく、……、えっく――」

そして大きな瞳《ひとみ》いっぱいに涙《なみだ》をため、しゃくり上げながら駆真の方を見てくる。その様子に、ウタが少し力を加えたのが分かった。恐《おそ》らく駆真が抜《ぬ》け出すと思ったのだろう。

しかし――駆真はそんな在紗の姿を見て、興奮状態が冷めていくのが自覚出来た。

「……マぁスター?」

不審《ふしん》げにウタが聞いてくる。無理もない。今まで散々混乱していたのだ。

だが駆真には、もう在紗の幻影《げんえい》に騙《だま》されない自信があった。「大丈夫《だいじょうぶ》だ、離《はな》せ」と温度のない口調で言い、ウタに腕を解放させる。

駆真は細く息を吐いた。少しだけ、思い出したことがあった。


駆真がまだ在紗くらいの歳《とし》であった頃《ころ》だ。

駆真の兄であり在紗の父である男が、いなくなった。

詳《くわ》しい事情《じじょう》は知らなかった。誰《だれ》も、まだ小さかった彼女らに話そうとはしてくれなかったのである。ただ——彼の扱《あつか》いが「死亡《しぼう》」ではなく「行方不明《ゆくえふめい》」であったことだけは、兄の友人である三谷原がこっそり教えてくれた。永遠《えいえん》に遺体《いたい》が見つからないだけの、行方不明であることだけは。

兄は騎士団所属《きしだんしょぞく》の天駆機関開発技術者《ぎじゅつしゃ》であった。とはいえ研究室に籠《こも》って一人作業をするタイプの人間ではない。上質《じょうしつ》の空獣《エア》の死骸《しがい》や特殊金属《とくしゅきんぞく》を得るために、空獣《エア》狩《が》りの現場《げんば》に同行することも日常茶飯事《にちじょうさはんじ》だった。実戦要員よりも巧《たく》みに天駆機関を操《あやつ》るものだから、部隊にスカウトされたこともあるほどだ。

どこかとぼけたところがあるけれど、誰からも好かれる優《やさ》しい人だった。

だから彼の遺品《いひん》だけを詰《つ》めた棺《ひつぎ》が土の下に消えるときに流れた涙の量は、彼が愛用していたティーカップを全部動員しても収《おさ》まりきらなかったように思う。

その日は、雨が降《ふ》っていた。駆真の頬《ほお》を流れる雫《しずく》に負けないくらい、ざあ、ざあと。

みんな、みんな、泣いていた。少なくとも駆真にはそう見えた。

でもそんな中で、涙を流していない人がいた。

三谷原と――在紗だ。

三谷原が泣いていないのには、そんなに違和《いわ》感を感じなかった。でも、在紗は別だ。父が死んだということを理解出来ていないわけではなさそうだった。在紗は早熟《そうじゅく》で駆真よりもずっと頭が良かったし、何より、口を真一文字に結んで鼻の頭を真っ赤に染《そ》め、必死に涙を流すのを堪《こら》えているように見えた。

『なんで――なんで在紗は泣かないの……⁉　兄さんが死んで悲しくないのッ⁉』

在紗は、真っ赤な目を更《さら》に充血《じゅうけつ》させながら首を横に振った。

そうなのだ。悲しくないはずはないのだ。きっと今、この場で一番身を切られるような思いにかられているのは在紗のはずなのだ。駆真よりも誰よりも、最も悲しまなければならないのは彼女なのだ。

嗚呼《ああ》、だから駆真はそれが信じられなかった。この弔《とむら》いの席で、彼の一人娘《むすめ》の頬が乾《かわ》いていることが許《ゆる》せなかった。

駆真が詰め寄《よ》っても、在紗は首を振るばかりで絶対《ぜったい》に泣こうとはしなかった。時折鼻水を啜《すす》る音を響《ひび》かせながらも、結局最後まで、ひとすじの涙も流さなかったのである。

なんで、なんでと半ば半狂乱《はんきょうらん》になって在紗を責《せ》める駆真に、在紗は震える声で言った。

『——私が泣いたら、ねえさまはきっと、もっと悲しくなる。だから、泣かない』

そのときの駆真の驚《おどろ》きといったらない。

自分より六つも下の子供《こども》が、そんなことを考えているなどとは夢《ゆめ》にも思わなかった。本当に、どちらが年長か分からない。

在紗はとても頭の良い子だから、辛《つら》いことは全部全部自分で処理《しょり》しようとしてしまう。苦しいことは全部自分で解決《かいけつ》しようとしてしまう。

だから——誰かが在紗の辛いことや苦しいことを除《のぞ》いてやらねばならないのだ。そうしなければ、きっとこの小さな小さな女の子は、いつの日かその苦痛《くつう》に潰《つぶ》されてしまう。

思えば、兄はいつも在紗のことを気にかけていた。一人娘を心配するのは当たり前だと思っていたが、今なら駆真にも分かる。兄は、在紗のこういう部分を憂《うれ》えていたのだ。

でも、もうその兄はいない。

なら、それに代わる誰かが必要だ。

では、その誰かとは？

――そんなもの、駆真しかいなかった。

このときだ。駆真が、在紗のことを守らなければならないと決意したのは。


駆真はゆっくりと在紗の幻影に歩み寄ると、優しく頭を撫《な》でた。

「――ごめんね。でも、在紗は、こんなことじゃ泣かないよ」

そして、踵《きびす》を返してウタの元に戻《もど》る。

「行くぞ。時間がない」

「ハイはい」

ほっとした様子でうなずくウタを率《ひき》いて、駆真は地宮院の迷宮《めいきゅう》に再《ふたた》び足音を響かせ始める。と、まだ駆真を引き留《と》められるとでも思っているのか、背後《はいご》から在紗のものとしか思えない声がした。

「ねえさま」

首だけをそちらに向けると、いつの間にか立ち上がった在紗が笑顔《えがお》で手を振《ふ》っているのが確認《かくにん》出来た。

「頑張《がんば》って」

言うと、彼女の身体《からだ》は霧《きり》のように霞《かす》み、上方へと消えていく。駆真たちはそれを目で追い、先が見えないほどに暗い天井《てんじょう》に視線《しせん》をやった。

「――――あ」

そうして眼窩《がんか》の中でぐるりと眼球が巡《めぐ》るうち――駆真はとある可能性《かのうせい》に気がついた。

――そうだ、私は何を律儀《りちぎ》に迷路《めいろ》を進んでいるのだ？

それは発見であると同時に、自分への反省でもあった。降臨書《こうりんしょ》に記された試練の世界、永久《とこしえ》の迷宮。その困難《こんなん》さを、頭のどこかで認識《にんしき》していた。惑《まど》い迷《まよ》ってそれでも出口に辿《たど》り着けない空間なのだと、漠然《ばくぜん》と思っている自分がいた。記録を大幅《おおはば》に塗《ぬ》り替《か》えると言っておきながらも、もしかしたら間に合わないかも知れないという考えがあった！

嗚呼、なんと情《なさ》けない。結局駆真は自分自身の弱気によって空を舞《ま》う翼《つばさ》を奪《うば》われ、文字通り地に張り付けられていたのだ――！

「――――飛ぶぞ」

「ふぇ？」

数歩離《はな》れて駆真に付き従《したが》っていたウタは、そんな彼女の調子に驚《おどろ》いたようではあったが、すぐにその意図を理解したのだろう、無意味に手足をばたつかせた。

見ようによっては可愛《かわい》らしいその仕草を冷淡《れいたん》に無視し、駆真はマーケルハウツを〈浮《フロート》〉駆動《くどう》させる。身体を浮遊《ふゆう》させてから体勢《たいせい》を立て直すという不自然な、しかし高等な技術《ぎじゅつ》を要する動きをし、駆真は改めて見えぬ天を仰《あお》いだ。

この迷宮が真に神がかった力で制御《せいぎょ》されている場合はどうしようもないが、この反則技《はんそくわざ》が通用する可能性も、決してゼロではない。

「行くぞ」

天駆機関を〈翔《ソア》〉にセット。駆真は一気に闇《やみ》の中へと身を躍《おど》らせた。

「あ、あぁあ！　待ってくださいヨオー」

次いで、ウタが背から数本のケーブルを生やし、その先端《せんたん》に大きな手を構築《こうちく》する。そしてそれらに並《なら》んだ太い指を次々と壁《かべ》に突《つ》き刺《さ》し、無理矢理《むりやり》駆真のあとを追って壁面《へきめん》を上っていった。

どれほど進んだ頃だろうか、駆真はマーケルハウツを〈浮《フロート》〉に戻し、辺りを一望する。

「…………よし」

そして、微《かす》かな興奮《こうふん》とともに拳《こぶし》を握《にぎ》った。

駆真の眼下には、深夜の都市部の上空写真のような光景が広がっていた。複雑《ふくざつ》に入り組んだ道々はそれぞれが淡《あわ》い輝《かがや》きを放ち、この位置から見ているとまるで紙面に描《えが》かれた迷路のよう。ただ、その広大さが尋常《じんじょう》ではないのだが。

そう。今駆真は、上空から俯瞰《ふかん》で迷宮を見下ろしていた。

「──はぁ、はぁ、速いデスヨオ、マぁスター」

壁をよじ上ってきたにしては十分なほど速いウタではあったが、さすがに縦《たて》での駆動は天駆機関には敵《かな》わぬようであった。

「反則に近い攻略法《こうりゃくほう》だ。──手伝え。出口を探《さが》し出す」

「……ふぇー、広ーいですネエ」

「仕方ないだろう。これでも随分難易度《ずいぶんなんいど》は下がった方だ」

「そりゃあそうですけド……」

言いかけたウタを制《せい》するでもなく、駆真は薄闇《うすやみ》を裂《さ》き始めた。在紗の幻影《げんえい》に、少しだけ感謝《かんしゃ》を送りながら。

◇

昼休みの教室のざわめきがいつもより大きいと感じるのは在紗だけではあるまい。

誰も気づいた素振《そぶ》りを見せないのは、座席《ざせき》の後ろに集まり始めた保護者《ほごしゃ》たちの方に気が行ってしまっているからだろう。否《いな》、正しく言うなら、その存在《そんざい》があるからこそ、皆《みな》平時よりもざわついているのかも知れない。

在紗は何度眺《なが》めたとも知れない教室の後部に、またも目を這《は》わせた。

本当なら誰よりも早くそこに到着《とうちゃく》しているはずの叔母《おば》の姿《すがた》が、未《いま》だ確認できていなかったのである。在紗の大好きな美しい黒髪《くろかみ》も、在紗とお揃《そろ》いの赤い目も、昨夜在紗とともに見繕《みつくろ》った青い服も、何一つ見つけられなかった。

「……まだ来てないの？　カルマさん」

「…………うん、そうみたい」

前の席から身を乗り出してきた美須々に返し、小さな小さな溜息《ためいき》を一つ。

やはり緊急任務《きんきゅうにんむ》とやらが終わらなかったのだろうか。蒼穹園の空を護《まも》る騎士《きし》の姪《めい》としての心構《こころがま》えは一応《いちおう》出来ているつもりであったけれど、残念な心地《ここち》は拭《ぬぐ》い去れそうにない。在紗はもう一度溜息を吐《つ》こうとし――そんなことをしては今頑張って任務を行っている駆真に失礼だと思い改め、それを飲み込《こ》んだ。

「――――ウッ」

苦しげな声。一瞬《いっしゅん》自分の陰鬱《いんうつ》な心が外界に漏《も》れ出たのかとも訝《いぶか》ったが、どうもそうではなかったらしい。美須々が在紗の机《つくえ》に載《の》せていた上体をさっと己《おのれ》の座席に戻《もど》し、黒板の方を向いている。よくよく見ると、顔中に冷や汗《あせ》を浮《う》かべ、小刻《こきざ》みに肩《かた》を震《ふる》わせていた。

「…………？」

不思議に思い、今まで美須々が見ていた方向を見やる。そして、

「────ッ」

赤い目を丸く見開いて、教室に現《あらわ》れた人物を凝視《ぎょうし》した。

ブラウス、パンツ、スカーフ、帽子《ぼうし》に至《いた》るまでを、長時間視界に入れているだけで網膜《もうまく》に何らかの後遺症《こういしょう》が残りそうなほどの極彩色《ごくさいしき》で構成《こうせい》した女性《じょせい》が、そこに立っている。しかもその上に随分と高価《こうか》そうなネックレスやらブレスレットやら指輪やらが、まるで鎧《よろい》のように装着《そうちゃく》されていた。

在紗が恐《おそ》る恐《おそ》るその『装甲《そうこう》』に埋《う》もれた顔に目をやると、そこには本業のピエロも思わず「へ……アンタにゃ負けたぜ」とニヒルな笑《え》みを浮かべざるを得ないような、真っ白い地に真っ赤な唇《くちびる》を誇《ほこ》るご婦人《ふじん》の顔が確認《かくにん》できた。

在紗の記憶《きおく》の中の橙堂夫人とは似《に》ても似つかない。だが、次の思考に逡巡《しゅんじゅん》は微塵《みじん》も無かった。彼女こそが美須々の言っていた、橙堂家の誇る珍獣《ちんじゅう》──否、美須々の母君なのだと。

「……美須々」

「…………お願い。何も言わないでアリサ。私たち友達よね？」

「……う……うん」

映画《えいが》スター並《な》みに周囲の視線を集めながら、至極《しごく》にこやかな笑みを浮かべ美須々に手を振ってくる（その度、複数《ふくすう》の香《かお》りを無理矢理《むりやり》ミキサーにぶちこんだかのような、ある意味得も言われぬニオイが漂《ただよ》った）母君と、そちらを見ていないはずなのにビクッと身体《からだ》を震わせる美須々を眺め、在紗は冷や汗《あせ》をひとすじ流しながらも、微《かす》かにうらやましさを感じていた。

そして——五時間目の開始を告げるチャイムが、鳴った。

◇

駆真の血色《ちいろ》の眼《め》を包む目蓋《まぶた》が逆三角形《ぎゃくさんかくけい》に研《と》ぎ澄《す》まされたのは、別に何か気に障《さわ》ることがあったからでも、あとに続く魔人《まじん》のスピードが地上でのそれよりも遥《はる》かに遅《おそ》かったからでもない。

何かに腹《はら》を立てて眦《まなじり》を吊り上げたというよりも、長らく獲物《えもの》にありついていない猛禽《もうきん》が、広い野原のど真ん中に手負いの兎《うさぎ》でも見つけたような、鬼気迫《ききせま》る喜悦《きえつ》を感じさせる表情《ひょうじょう》であった。

「……見つけたッ！」

もし十分な照明があったなら地平線さえ見えてしまうやも知れぬ広大な迷宮《めいきゅう》の中、駆真はついに、その部屋を見下ろす位置へと辿《たど》り着いたのだ。

そこが本当に出口なのかはわからない。しかしその、他《ほか》の道から隔絶《かくぜつ》された小さな部屋に、先刻《せんこく》の双子《ふたご》の女神《めがみ》、天由良と霊由良の姿が見て取れた。

「————————ッ！」

息を止め、姿勢《しせい》を逆《さか》さまにして一気にその部屋へと降下《こうか》する。着地の瞬間《しゅんかん》に身をひねり、地にマーケルハウツのけたたましい金属音《きんぞくおん》を響《ひび》かせた。

「大地神・天由良……霊由良……ッ！　ようやく見つけたぞ……さあ私をこの迷宮から出せ！　もうとうに一時を過《す》ぎたんだぞ！　午後の授業《じゅぎょう》が始まってしまったろうが！　この責任《せきにん》をどう取るつもりだ！」

しかし天由良と霊由良はきょとんとした様子で顔を見合わせ、

「あらあらあら」

「あらあらあら」

「空を飛びましたわね、霊由良」

「空を飛びましたわよ、天由良」

「びっくりですわね。人間っていつの間に飛べるようになりましたの？」

「びっくりですわよ。さあ、わかりませんわね。長いことこちらには顔を出していませんでしたから」

　そう言って不思議そうに首を傾《かし》げたあと、天由良がまたも声を発した。

「でも、これってクリアとしてよろしいのでしょうか」

「別に空を飛んではいけないというルールはありませんし、構《かま》わないのではございませんこと？」

「そうですわね、霊由良」

「そうですわよ、天由良」

「うふふふふふ」

「うふふふふふ」

「鬱陶《うっとう》しい！　早く私を外に出せ！」

　たまらず叫《さけ》ぶ駆真。二人の大地神はぱっと駆真の方に顔をやり、コンマ一秒のずれすらなくその表情を微笑《びしょう》に変えた。

「おめでとうございますわ、駆真さん」

「おめでとうございますわ、駆真さん」

「あなたはこの瞬間」「我《われ》らが永久《とこしえ》の迷宮をクリアなさいました」

「よってあなたには我らより」「神の称号《しょうごう》をお贈《おく》り致《いた》しましょう」

「そんなものはいらないから早くここから出せ」

「あらあらあら」「せっかちですわね」「でもそういうわけには」「参りませんの」

「この迷宮をお抜《ぬ》けになられた方には」「神の名を与《あた》えるのが古《いにしえ》よりの決まり」

「今まででもっとも早く」「この惑《まど》いの宮《みや》を通り抜けたあなたには」「第二十位の称号を与えましょう」

その言葉の区切りごとにわざとらしい身振《みぶ》り手振りの演出《えんしゅつ》を入れ、天由良と霊由良が駆真の方に手を向けた。

「……新顔にしては随分《ずいぶん》と高位のように思うが。早く出せ」

「うふふ、問題ありませんわ。永久の迷宮をこんなに早く抜けたお方なんてそうはいませんもの」

「ええ、ええ。少し前に天幻院《てんげんいん》の迷宮が異例《いれい》の早さでクリアされたと聞きましたけど、それでもあなたほどではありませんわ」

「だが、ほとんど反則《はんそく》的な方法でだろう。早く出せ早く出せ」

天由良と霊由良が「いえいえ」と言い目を伏《ふ》せた。

「たとえどんな方法であろうと」「神の名への執着《しゅうちゃく》を捨《す》てない限《かぎ》り」「ここには辿り着けま

せんわ」

「……だから、最初からそんなものは持ち合わせていない。私は早く授業参観に行きたいだけだ。早く出せ早く出せ早く出せ」

しかし姉妹はそんな駆真の言葉を無視《むし》するように、どこか懐古《かいこ》的な眼差《まなざ》しで遠くを眺めるように、顔の角度を小さく上げた。

「それに」「第二十位の神は」「少しだけ前に亡《な》くなっていますの」「ですから今、そこは空位ですのよ」

「……神も死ぬのか」

「ええ」「心筋梗塞《しんきんこうそく》で呆気《あっけ》なく」

「…………」

随分と情《なさ》けない神もいたものだ、とはさすがに口には出さなかった。

「ですからあなたが今日ここへきたのも」「彼女の思《おぼ》し召《め》しかと感じられるのですわ」

「……ちなみに、その神は何を司《つかさど》っていたんだ」

「ええ」「ええ」「彼女は」「『偶然《ぐうぜん》』の女神でしたのよ」

「…………………………」

駆真は今度こそ、本当の意味で無言になった。

いやしかし、そんなことをしている暇《ひま》も惜《お》しかった。なんとか意気を改め、僅《わず》かばかりの希望を載《の》せて問う。

「……今この時から私も神なのだろう？　それは時間を止めたり戻したり瞬間移動《いどう》できたりする神なのか？」

が、天由良と霊由良はやはり左右対称《たいしょう》に軽く首を振った。

「神の称号というのは」「あくまでもそういった奇跡《きせき》を手に入れることが出来る可能性《かのうせい》を」「得たに過ぎませんわ」

「そのような力をそちらで望むのであれば」「あなた自身が、これより神の名を以《もっ》て」「長く修練《しゅうれん》をお積みになるしかございませんのよ」

「……要は役に立たないということか」

駆真が吐《は》き捨《す》てるように言うと、二人はまたも否定《ひてい》を示《しめ》すように頭を左右に動かす。

「とんでもない」「神の称号にはとても大きな意味がございますわ」

「たとえば喧嘩《けんか》のとき」「てめぇ何様だー、とか言われたのなら」

『神様だッ！』

天由良と霊由良がいきなり声を合わせ、叫ぶ。無論《むろん》、そんなものに驚《おどろ》く駆真ではないけれど。

「という風に」「仰《おっしゃ》れますのよ」

駆真は溜息《ためいき》を吐《つ》いた。

「くだらないにも限度《げんど》というものを設《もう》けて欲《ほ》しいな」

「うふふふ」「冗談《じょうだん》ですわ」「ちゃんと意味はございましてよ？」

「長くなりそうなら割愛《かつあい》しろ。なんでもいいから一刻《いっこく》も早く私を外に出せ。ああいや、神だというのならいっそ皓成小《こうせいしょう》に連れて行けッ！」

双子《ふたご》はまたも「あらあら」と肩《かた》をすくめた。

「仕方ありませんわね、霊由良」

「仕方ありませんわよ、天由良」

そして彼女らはふよふよと浮遊《ふゆう》しながら部屋の壁《かべ》に沿《そ》うように横へ移動し、駆真と奥《おく》の扉《とびら》を向かい合わせた。

「その扉をお通りくださいまし」

「外の世界へお出になれますわよ」

「そうか」

短くそうとだけ言って、駆真が背後《はいご》に緊張《きんちょう》と警戒《けいかい》だけは残しながら前方へと歩き、扉の取っ手に手を掛《か》ける。

そこで、双子がまたもそれを邪魔《じゃま》するように声を上げた。

「……一体なんだ」

「ああ」「ああ」

「いえいえ」

「そういえば、ですけれど」

二人は一緒《いっしょ》に、部屋に設《しつら》えられていた大きな姿見《すがたみ》のような水晶板《すいしょうばん》に目をやった。そこには、一体どのような原理になっているのか、双子の顔が映《うつ》り込《こ》むのではなく、暗闇《くらやみ》の中をさまよい歩くウタの姿が映っていた。

『マぁスター……どこ行ったんデスカア……』

そんな情けない声をバックに、大地神たちが首を傾《かし》げる。

「まだお連れ様が」「迷《まよ》っているようですけれど」

「………………」

駆真は双子の神の言葉を華麗《かれい》に無視して、扉を開けた。

Case-05

「はァ？」

騎士団《きしだん》本部からの通信に、三谷原《みやはら》は思わずそんな声を出していた。

とはいえ通信端末《たんまつ》を通した管制《かんせい》スタッフの声にノイズが混《ま》じっていたわけでも、彼の語《ご》彙力《いりょく》や理解力《りかいりょく》が足りずに、言葉をうまく咀嚼《そしゃく》できなかったわけでもない。ただ、インカムの向こうから聞こえてきた台詞《せりふ》を完全に理解したうえで、それが間違《まちが》いではないのかを聞き返すような、そんな調子を孕《はら》んだ声であった。

騎士団内でも、無精《ぶしょう》や面倒《めんどう》くさがりと評《ひょう》される三谷原ではある。しかし、今の通信を聞けば、彼ならずともそんな反応《はんのう》はしようというものであった。

何しろ――二か所目の空獣《エア》群《ぐん》を掃討《そうとう》した直後だというのに、またも別の地点に空獣《エア》群が確認《かくにん》されたと言うのだから。

彼ら、隊長不在《ふざい》の鷹崎《たかさき》小隊メンバーがいるのは、萩存平野《しゅうそんへいや》から東に十キロほど進んだところに位置する小さな集落の外れである。岬大尉《みさきたいい》の命により、この地点に現《あらわ》れた分隊クラスの空獣《エア》群を掃討し終え、今は天駆《てんく》機《き》関《かん》の整備《せいび》を行っているところだった。

「……一応《いちおうき》訊くが、間違いって可能性《かのうせい》は？」

『私の首を賭《か》けましょう』

「はは……そりゃタイヘンだ……」

小さく笑うような調子を言葉の頭につけた三谷原ではあったが、その顔は微塵《みじん》も笑ってはいなかった。

空獣《エア》群の規模《きぼ》や構成空獣《こうせいエア》の等級、正確な位置などを右耳に収《おさ》めてから通信を切る。

鷹崎小隊の面々も、彼の表情《ひょうじょう》から大体の事態《じたい》は読みとれていたのだろう——平時であれば他《ほか》の部隊よりも士気の高い鷹崎駆真《かるま》の剣《つるぎ》たちが、どこか疲《つか》れた様子を滲《にじ》ませていた。

「……あー、諸君《しょくん》」

そんな視線《しせん》に晒《さら》されながら、三谷原は気まずそうに頭をかいた。

どうもこういったことは苦手である。よく駆真はこんな役回りを文句《もんく》一つ言わずにやっているものだと感心しつつ、本当に自分には向いていないと自覚する。

「残念ながら、お茶のお誘《さそ》いじゃあねェみてえだ」

予感は確信へ。しかし小隊の面々は、それでも気丈《きじょう》に笑って見せた。

「あはは、大変ですねー」

「望むところですよ、曹長《そうちょう》」

「ええ、ドンと来いって感じです」

「……おまえらホントに良い奴《やつ》らだなァ」

三谷原はもう癖《くせ》となってしまった、肩《かた》をすくめる動作をして見せ、バゼット式天駆機関を駆動《くどう》させた。

◇

永久《とこしえ》の迷宮《めいきゅう》の扉《とびら》を抜《ぬ》け、駆真は今さらながら地宮院《ちぐういん》姉妹のせめてもの心遣《こころづか》いを知った。まるで空間に四角い穴《あな》が開いたような出口。そこから出た先は、在紗《ありさ》の通う皓成大付属《こうせいだいふぞく》小学校《しょうがっこう》の裏門《うらもん》前であったのだ。

「さすがは神、とだけ言っておくか。どこかの馬鹿魔王《ばかまおう》とは比《くら》べるべくもないな」

言ってから、懐中《かいちゅう》時計で時間を確認する。時刻《じこく》は一時四十分。もう国語の時間は始まってしまっている。

「く……ッ、仕方ないか」

苦々しげにうめき、奥歯《おくば》を噛《か》みしめる。如何《いか》に駆真とて、もう自宅《じたく》に戻《もど》って身支度《みじたく》を整える余裕《よゆう》などはなかった。

駆真は脳《のう》をフル回転させる。服は仕方ない、今の空戦衣のままで行くしかあるまい。しかし、最低限《さいていげん》顔と手足を拭《ふ》くくらいはしておかねばならないだろう。ここは涙《なみだ》を飲んで五時間目は諦《あきら》め、可能な限《かぎ》り汚《よご》れを落としてから六時間目に赴《おもむ》くのが得策《とくさく》か。

「…………」

――作文は非常《ひじょう》に、それこそ路上に落ちている一億苑《えん》を見逃《みのが》すほどに惜《お》しいが、埃《ほこり》まみれのまま参観に赴くわけにもいかない。ここは一刻《いっこく》も早く決断《けつだん》し、在紗のダンスを楽しむしかあるまい……ッ！

方針《ほうしん》さえ決まれば、決断は一瞬《いっしゅん》だった。

駆真は校庭で体育の授業《じゅぎょう》に勤《いそ》しむ児童たちの目に触れぬよう身を低くし、茂《しげ》みに隠れて水道のある場所へと向かった。活躍《かつやく》の場がほとんど空であるとはいえ、仮《かり》にも駆真は騎士である。小学生程度《ていど》に見つかるような下手《へた》は打たなかった。

「…………ふぅ」

両腕《りょううで》に装着《そうちゃく》されている天駆機関を器用に外し、洗《あら》い場の脇に置いた後、ポーチから取り出したハンドタオルを水で湿《しめ》らせ、きつく絞《しぼ》る。

顔を拭《ぬぐ》ってからタオルを見ると、存外汚れていることがわかった。駆真は小さく安堵《あんど》の息を吐《は》く。もしこのまま教室に赴いていたなら、在紗に恥《は》ずかしい思いをさせてしまうところであった。

結局まともな洗顔《せんがん》やシャンプーなどはできないけれど、顔や首筋《くびすじ》など、外から見える部分だけでも念入りに拭いておく。その後タオルを洗い直し、頭頂部《とうちょうぶ》から髪《かみ》の末部までを梳《す》くように押《お》しつけた。

洗い場の鏡に顔と頭を映《うつ》し込み、他に汚れている箇所《かしょ》が無いかを探《さぐ》っていく。

と。

「――――っ」

この期《ご》に及《およ》んで天候までも駆真の意図を妨害《ぼうがい》しようというのか、ふっと辺りが暗くなった。今の今まで、空は綺麗《きれい》に晴れ渡《わた》っていたというのに。

今度は天空神《てんくうしん》にでも悪態《あくたい》をついてやろうかと思ったが、結果的に駆真はそのような冒瀆《ぼうとく》をせずに済《す》んだ。

次の瞬間にけたたましく鳴り響《ひび》いた、空獣《エア》警戒《けいかい》のサイレンのために。

「――何?」

皓成小を含《ふく》む街のほぼ全域《ぜんいき》にこだまするそれは、滅多《めった》なことでは使用されない、最厳《さいげん》重《じゅう》警戒警報《けいほう》である。駆真の記憶《きおく》では数年前、ワイバーン級で構成された師団規模《しだんきぼ》の空獣《エア》群《ぐん》が都市部上空のごく低空に現《あらわ》れたとき以来、一度も聞いてはいなかった。

と、それに触発《しょくはつ》されるようにして、駆真の通信端末《たんまつ》が、息を吹《ふ》き返したかのようにノイズ混《ま》じりの声を上げる。

『……か崎少尉《しょうい》、鷹崎少……！　応答《おうとう》願います！　鷹崎少尉！』

サイレンに邪魔《じゃま》をされぬようインカムを手の平で覆《おお》い、そこから伸《の》びているマイクを口に近づける。それでどうにか、まともに会話できるようになった。

「一体何だ、この警報は」

『空獣《エア》です！　それも——とびきり巨大《きょだい》な！　こ、これはワイバーン……いえ、それ以上です！』

「なんだと？」

現在確認《げんざいかくにん》されている空獣《エア》の等級の中で、もっとも巨大なのがワイバーン級である。それより大きな種は、記録上にしか存在《そんざい》しない。しかもその記録というのは、大型種の死骸《しがい》が保管《ほかん》されているとかそういったものではなく、あくまで『目撃《もくげき》』にとどまるものであったため、今や雪男などの未確認生物と同じような扱《あつか》いさえされていた。

駆真はふと、急に曇《くも》った空に視線《しせん》を向ける。

「————」

天候など、変わってはいなかった。

ただ上空に、太い蛇《へび》のような巨大なシルエットがゆっくりとうねり、駆真のもとに届《とど》く日の光を覆《おお》い隠《かく》していたのだ。

ワイバーン級空獣《エア》を超《こ》える大型種。それは——

「──ティアマット級……空獣《エア》」

竜王《ティアマット》の名を冠《かん》する、巨大な王。

駆真は運命に呪《のろ》いを吐くより先に、両腕《りょううで》に天駆機関を装着し直した。

そして警報と、校庭にいた生徒たちの驚《おどろ》きの声をどうにか遮《さえぎ》りながら、再《ふたた》び通信端末に口を寄《よ》せる。

「……確認した。ちょうど私の上にいる。なるほど、ワイバーン級よりも遥《はる》かに巨大だ。

──それで、近くにいる部隊はどれくらいなんだ。最低でも大隊規模《きぼ》は欲しい」

『そ……それが……』

「なんだ」

『……すぐにその場に駆《か》けつけられる騎士《きし》が、ほとんどいないんです……』

「どういうことだ」

眉《まゆ》をひそめ、駆真が問う。

『今日は蒼穹園《そうきゅうえん》の各地で異常《いじょう》なほど空獣《エア》群が確認されていまして……戦闘《せんとう》部隊はほとんど掃討《そうとう》に出てしまっているんです……! 大隊規模の騎士が集まるとなると──最低でも三十分はかかるかと……!』

普通《ふつう》の騎士であれば息を詰《つ》まらせるか叫びをあげるかしていたのだろうが──そこは鷹

崎駆真である。至極《しごく》冷静に事態《じたい》を咀嚼《そしやく》し、再び上空の巨大な影《かげ》に目をやる。

「……了解《りようかい》した。なるべく急いでくれ」

『は……はい！』

そして通信を切り――駆真は、血色《ちいろ》の目を細めた。

面白《おもしろ》いほどに並《なら》べられた苦難《くなん》の数々。ようやく目的地に辿《たど》り着いたと思えばコレである。もしかしたら本当に偶然《ぐうぜん》の女神《めがみ》とやらが憑《つ》いているのでは、と無信心な駆真が思ってしまうほどに、異常な一日ではあった。

「……さすがに神まで出てきたのだから、あれで打ち止めと思ったんだがな……」

忌々《いまいま》しげに吐《は》き捨《す》てる。

「授業《じゆぎよう》参観は――中止、か……な……」

分かっていた。それは十分理解できていた。何しろ最厳重の警報である。生徒たちは速《すみ》やかに、日頃《ひごろ》の避難《ひなん》訓練の成果を発揮《はつき》するだろう。そうなれば授業参観どころではない。

だが、その事実を口にすると、途端恐《とたんおそ》ろしい熱量で以《もつ》て憤怒《ふんぬ》の火焔《かえん》が駆真の中で燃《も》え上がった。それを抑《おさ》えるべき使命を帯びた理性《りせい》とか冷静さとか、そういったものを全《すべ》て燃やし尽《つ》くさんとばかりにごうごうと赤い舌《した》を揺らめかせる。

もちろん鷹崎駆真の鉄の如《ごと》き理性は、そんなものでは完全には消されなかったけれど、その圧倒的《あっとう》な熱に、幾分《いくぶん》かは溶《と》かされ変形してしまったのかも知れない。応援《おうえん》が着くまで空獣《エア》を刺激《しげき》しないように待機しようとする意思《いし》が働く中で、頭の一部分が、彼《か》の異形《いぎょう》をどのように打ち殺そうかを考えていた。

「このバケモノが……在紗の作文とダンスの代償《だいしょう》……高くつくぞ」

◇

在紗のいる教室に、その耳が痛《いた》くなるほどのサイレンが鳴ったのは、ちょうど美須々《みすず》が作文朗読《ろうどく》の指名を受けてしまい、背後《はいご》から響《ひび》く「きゃ〜美須々頑張《がんば》って〜」という甘《あま》ったるい母君の声を聞きつつ、まるで罪《つみ》もない民間人を撃《う》ち殺せと命令された新兵のような戦慄《せんりつ》した顔で席を立ったときだった。

「な……何、警報《けいほう》ッ？」

慌《あわ》てるような、しかしどこか嬉《うれ》しげな美須々の言葉に、クラス中が騒然《そうぜん》とした。

これは確《たし》か、滅多《めった》に鳴ることのない最厳重警戒《さいげんじゅうけいかい》を示《しめ》すサイレンである。

「落ち着いて！　落ち着いてくださいっ！」

担任《たんにん》の安倉善子《あくらよしこ》が、ざわめく生徒と保護者《ほごしゃ》を鎮《しず》めるように叫《さけ》ぶ。しかしクラスの男子の一人が窓《まど》から空を指さし、「何だアレ！」と、雲の上の巨大な影を示した瞬間《しゅんかん》、先生の声は波に呑《の》まれる脆弱《ぜいじゃく》な防波堤《ぼうはてい》のように崩《くず》れ去ってしまった。

「何、何っ！」「ほら見ろよ、すげェ！」「うあああああっ！」「お母さんッ、お母さん！」「空獣《エア》……にしては大きすぎるんじゃないの？」「え、でもこの警報って……」「ちょっと、押さないでくださる？」「騎士団《きしだん》は何してるの？　見当たらないじゃない！」「空獣《エア》だよ、空獣《エア》だよ！」「えッ、僕《ぼく》たち食べられちゃうの……？」「そ、そんなの嫌《いや》だよッ！」

その時、どん！　と、鈍《にぶ》い音がした。

不安と焦燥《しょうそう》に侵食《しんしょく》された教室を静まり返らせたのは、教室の後部に立つ、極彩色《ごくさいしき》の婦人《ふじん》であった。たった今壁《かべ》に打ち付けた手の平を軽く振《ふ》りながら、涼《すず》しい顔で教室の入り口を指さした。

「ささ、皆様《みなさま》整列して避難しましょう。ほら君たちも、こんな時のために避難訓練をしているんでしょう？　最高学年なんだから、皆のお手本にならなきゃ駄目《だめ》ですよ」

彼女の言葉は、その悠然《ゆうぜん》とした態度《たいど》と、あと幾分か、一見怪鳥《かいちょう》を思わせる出《い》で立ちも手伝って、妙《みょう》な迫力《はくりょく》が感じられた。教室にいた生徒三十六名と保護者二十八名、そして担任教諭《きょうゆ》が小さくうなずき合い、ぞろぞろと整列を始める。

その波に乗りながら、在紗は小声で美須々に話しかけた。

「……お母さん、格好《かっこう》いいね」

「……ん。ファッションセンスさえどうにかなればね」

そんな憎《にく》まれ口を叩《たた》きながらも、彼女の頬《ほお》に微《かす》かな朱が、そして唇《くちびる》の端《はし》に笑《え》みの形が現れるのを、在紗は見逃《みのが》さなかった。

少しだけ嫉妬《しっと》を感じたのかも知れない。小さく言葉を続ける。

「……でも」

「ん？」

「…………………私のねえさまの方が、格好いい」

軽くそっぽを向きながら、そう言う。美須々はしばしきょとんとしていたけれど、すぐにいつものような明るい笑顔を作って、

「分かってるわよ、そんなの」

と、在紗の肩《かた》を叩いてきた。

そうこうしているうちに整列は完了《かんりょう》したようで、担任の先導《せんどう》のもと、六年三組の面々は教室から廊下《ろうか》へと落ち着いた足取りで歩いていく。いつも降《お》りている階段《かいだん》を通り過《す》ぎ、外部に繋《つな》がる扉《とびら》を開けると、そこには緑色にペイントされた、鉄製《てっせい》の非常《ひじょう》階段があった。

「うわー、そういえばココ降りるの初めてかも」

「……うん、かも」

「こら、そこ静かに」

ひそひそと喋《しゃべ》っていた在紗と美須々を注意したのは、担任ではなく極彩色《ごくさいしき》の婦人であった。美須々は小さく肩をすくめ、視線《しせん》で在紗に「降りましょ」と示してきた。

総勢《そうぜい》六十名を超《こ》える人間の足音が、金属製《きんぞくせい》の階段の上でがんがんと鳴り響く。

如何《いかん》せん、進みは遅《おそ》い。避難するときは絶対《ぜったい》に走るなとしつこく教えられているし、何より校舎《こうしゃ》の三階に位置する高さに、足をすくませているクラスメートが少なからずいるようだった。

「…………」

在紗は頰を撫《な》でる風に目を細める。何故《なぜ》だろうか、不思議と在紗はその剝《む》き出しの階段を怖《こわ》いとは思わなかった。そういえば、昔からそうだ。在紗は高所——高さという点においては、恐怖《きょうふ》を覚えたことがなかったのである。

在紗は首をひねり——しかし空の騎士たる駆真との小さな共通点が見つかった気がして、唇の端を小さく笑みの形にした。

階段を降りきり、上履《うわば》きのまま地面に足をつける。

その瞬間であった。

――るぅおぉおぉおおおぉおうううううううおぉおぉおぉおぉおん――

音域《おんいき》の低い管楽器《かんがっき》を全力で吹《ふ》いたような、空獣《エア》の咆吼《ほうこう》が空気を震動《しんどう》させたのは。

「――――っ」

思わず息を詰《つ》まらせ、上空を仰《あお》ぎ見る。

そして、緊張《きんちょう》で渇《かわ》く喉《のど》を唾液《だえき》で湿《しめ》らせることすら忘《わす》れ、在紗はしばしの間その場に立ちつくした。

先刻《せんこく》は遥《はる》か上空に在《あ》ったそのあまりにも巨大《きょだい》な空獣《エア》は、基本《きほん》的に地上に近づきたがらないというその習性上《しゅうせいじょう》考えられないようなペースで、高度を下げてきていた。よほど変わり者の空獣《エア》なのか、それとも単純《たんじゅん》に腹《はら》を空《す》かせているのか。

後者であった場合は、在紗たちは絶望するしかない。空獣《エア》は長時間地面に触《ふ》れていることはできないが、人間が、跳躍《ちょうやく》すれば一瞬《いっしゅん》とはいえ空中にいられるのと同じように、勢《いきお》いをつけて下降《かこう》してくれれば、地上に蠢《うごめ》くエサを獲《と》ることも十分可能《かのう》なのである。

青空に疎《まば》らにかかる白い雲をかき分けるようにして、その空獣《エア》が、在紗たちの方に顔を向けていた。

全体的なフォルムは太く短い蛇《へび》といったところだろう。だがその背《せ》に生えた羽根と、巨木のような腕が、その形状《けいじょう》を異様《いよう》なものにしていた。全身は外殻《がいかく》のような皮膚《ひふ》に鎧《よろ》われ、顔にあたる部分も、まるで騎士甲冑《きしかっちゅう》のような形をしている。

そしてその身の丈《たけ》は、軽く三百メートルを超えるだろう。現存《げんそん》の空獣《エア》の規格《きかく》をまったく無視した、異形の中におけるさらなる異形。

——逃《に》げなければならない。

それは誰《だれ》もが感じていることであった。空獣《エア》はその巨体《きょたい》を滑《なめ》らかにくねらせながら、順調に高度を下げ続けている。このままここに立っていては、どうぞお召《め》し上がりくださいと言うようなものだ。

しかし、それを脳《のう》が認識《にんしき》してなお、行動に移《うつ》ることができるものは一人としていなかった。その空獣《エア》の、ある種神がかった威圧《いあつ》感によって足を地面に縫《ぬ》いつけられてしまったかのように、誰もそこから動くことができなかったのである。

「——あ——」

ただ掠《かす》れた声だけが、今の在紗の精一杯《せいいっぱい》。

「ね——え、さ…………ま……」

それは呟《つぶや》きというにはあまりに無意味で、助けを求める叫びというにはあまりに脆弱《ぜいじゃく》。

ああ、しかし。

身体《からだ》を伸《の》ばして在紗の方へ顔を近づけてくる空獣《エア》の、唯一硬質《ゆいいつこうしつ》の皮膚で覆《おお》われていない部分——眼球《がんきゅう》に吸《す》い込《こ》まれるように、空に黒い線が引かれる。その直後空獣《エア》が再度《さいど》大きな咆吼を上げて苦しげに身をよじった。

そして、在紗の見上げるそこには、長い黒髪《くろかみ》を揺らめかせた空の騎士が、悠然《ゆうぜん》と舞空《ぶくう》していた。

「ねえさま——」

そう。マーケルハウツ式天駆機関を駆《か》る蒼穹園の天使。あるいは、魔女《まじょ》。

鷹崎駆真が、在紗の危機《きき》に駆けつけないことなど、有り得なかったのである。

駆真は「大丈夫《だいじょうぶ》」と小さく手を振《ふ》ると、つい今し方自分が蹴《け》り払《はら》った巨大な蛇に向き直った。一撃《いちげき》で空獣《エア》の頭蓋《ずがい》を砕《くだ》く彼女の蹴りも、ここまで大きなモノには必殺とは成り得ないらしい。油断《ゆだん》なく空中で構《かま》えを取りながら、顎《あご》で早く逃げろと示《しめ》してくる。

脳幹《のうかん》に微弱《びじゃく》な電気が走るような感覚。在紗は大きく息を吸い込んだ。

「ねえさま……ねえさま……ねえさま——っ！」

鳥肌《とりはだ》が立つかのように、頭頂《とうちょう》の方に微細《びさい》な痺《しび》れが駆け上がっていく。何故《なぜ》か、鼻の奥《おく》が少し痛《いた》んだ。

しかし立ち止まっている暇《ひま》はない。今度は在紗が頑張《がんば》る番だった。未《いま》だ呆然《ぼうぜん》としているクラスメートたちの手を引っぱり、なんとか離《はな》れた場所へと誘導《ゆうどう》していく。

さすがに在紗一人ではどうにもならない作業だったけれど、そのうち皆《みな》の束縛《そくばく》も解《と》け、自発的に避難《ひなん》を再開《さいかい》していった。あそこまで巨大な空獣《エア》なのだ、逃げてもさしたる意味はないのかも知れない。しかし今この行動は、自分たちが安全に逃げおおせることを目的としているわけではなかった。

そう——駆真が思い切り戦えるようにフィールドを整えてやるのが、在紗にできる最大の功労《こうろう》であったのだ。

「頑張れ——ねえさま」

が・ん・ば・れ・ね・え・さ・ま。

声は聞こえなかったけれど、在紗の唇《くちびる》からその言葉は読みとれた。

頑張れ、ねえさま。

駆真は自分の血流速度が超高速《ちょうこうそく》になっていくのを感じた。頑張れねえさま。その言葉は彼女にとって多量の興奮剤投与《こうふんざいとうよ》にも勝《まさ》るマホウの呪文《じゅもん》。

息を吐《は》けば口腔《こうこう》から煙《けむり》でも出てくるのではないかと思えるほどにヒート。ああ在紗、おまえはなんでそんなにキュート。駆真の心臓《しんぞう》は弾《はじ》け飛びそうなほどビート。

駆真は興奮と恍惚《こうこつ》に身をよじりたくなる衝動《しょうどう》をなんとか抑《おさ》え、前方で吠《ほ》え続けるティアマット級空獣《エア》に目を向けた。

駆真の一撃を目に受けたその空獣《エア》は、苦しむように長い身体をうねらせ、辺りに暴風《ぼうふう》を巻き起こしてはいたが、それが致命《ちめい》的なダメージとなっているわけではなさそうだった。

空獣《エア》は等級に比例《ひれい》して危険度《きけんど》が飛躍《ひやく》的に上昇《じょうしょう》する。実質《じっしつ》的な最大種であるワイバーン級でさえ、大きくてもその体長は五十メートルほどだ。駆真の目の前にいるソレは、目算でその六倍。まさに伝説上の化け物を相手取っているようなものであった。

一際大《ひときわ》きな咆吼《ほうこう》を上げて、ティアマット級が己《おのれ》の片目《かため》を打ち抜《ぬ》いた敵《てき》――駆真に顔を向けた。なるほどそれは、まるでその場に射竦《いすく》められるようなプレッシャーである。

「――――ふん」

校舎《こうしゃ》が壊《こわ》されてはたまらない。駆真は広々とした校庭の方にティアマット級を誘導した。

そして校舎の外壁《がいへき》に設《しつら》えられた時計を一瞥《いちべつ》し、低くうなる。

「……あと約二十五分。お相手を願おうか。――貴様《きさま》は神と踊《おど》れるんだ、光栄に思え」

自嘲《じちょう》でもするように、あるいは皮肉げに言い、駆真はマーケルハウツで宙《ちゅう》を走った。

しかし――自分からティアマット級に近づこうとはせず、その周囲を蝿《はえ》のように回るに

とどめる。

実際《じっさい》、駆真はこの空獣《エア》さえ上空で大人しくしているのなら、応援《おうえん》が到着《とうちゃく》するまで待機していようと考えていた。格闘《かくとう》を主体とする駆真の戦い方は、これほどの大きさを持つ空獣《エア》を相手にした場合、極端《きょくたん》なまでに不利だ。

特定以上の大きさを持つ空獣《エア》を撃破《げきは》する場合は、周囲に民家などがなければ、対空砲《たいくうほう》か何かで攻撃《こうげき》してしまうのが普通《ふつう》である。無論《むろん》このような場所でそんな作戦はとられないだろうが、それでも遠距離《えんきょり》からの攻撃が主軸《しゅじく》となるだろう。

もしこの空獣《エア》の死骸《しがい》があれば、その一匹《ぴき》分だけで巨大《きょだい》な戦艦《せんかん》級天駆機関を製造《せいぞう》できてしまうであろう体軀《たいく》。それに対し、蒼穹園の魔女はあまりにも小さすぎた。

「——くッ——！」

その巨軀《きょく》に比例《ひれい》して、皮膚《ひふ》の硬度《こうど》は他《ほか》の空獣《エア》とは比《くら》べものにならないほど高い。駆真はティアマット級の背《せ》に突《つ》き立てた蹴りが弾かれるのを感じ、反撃を食《く》らわぬうちに後方へと離脱《りだつ》した。

もちろん、もっと加速をつけた攻撃ならば、その硬《かた》い皮膚をも破《やぶ》れるだろう。しかし如何《いかん》せん、命中率《めいちゅうりつ》があまりにも低い。その三百メートルを超《こ》える巨軀ゆえ、身体《からだ》のどこかに当たりはするかも知れない。だが、一撃で勝負を決められるポイントに命中させるとなれば、その難易度《なんいど》の高さは推《お》して知れよう。

かといってまた目のような、皮膚に覆《おお》われていない部分を攻撃すればよいかと言えば、決してそうとも言い切れなかった。

もしこのティアマット級が高い知能《ちのう》を持っていた場合、同じ箇所《かしょ》への攻撃は受けまいと注意を払っていることだろう。あくまでも可能性《かのうせい》の話ではあるが、今ここにいる騎士《きし》は駆真一人だけなのだ。危険《きけん》の伴《ともな》う賭《か》けは許《ゆる》されない。

つまり、駆真はティアマット級の豪快《ごうかい》すぎる攻撃をかわしながら、その周囲を飛び回ることしかできなかったのである。

「————ッ」

人の血を吸《す》おうと飛び回る蚊《か》の気分が、ほんの少しだけ理解《りかい》できた。なるほど、人間の手の平とは彼らにとってさぞ恐《おそ》ろしいものに違《ちが》いない。轟音《ごうおん》と強風を伴《ともな》って振《ふ》り回される空獣《エア》の長い身体を紙一重《かみひとえ》で避《よ》けながら、駆真は思った。

と——身体をうねらせたティアマット級が、少しの距離をおいて再《ふたた》び駆真と顔を見合わせるように静止した。

駆真は警戒《けいかい》を保《たも》ちつつも、その距離を維持《いじ》するようにマーケルハウツを駆動《くどう》させる。

が。

――るうぉぉぉおおおおおおおおおおおおおおおおおおおおおおおおおおおおおおおおおおおおおおおンッ！

今までにない大きな吠え声が、空気を殺す。

超音波《ちょうおんぱ》？　高周波？　音波攻撃？　そんな考えすら一気に駆逐《くちく》される。校舎に並んだ窓《まど》ガラスががたがたと震《ふる》え、壁からは細かな建材の欠片《かけら》がぱらぱらと落ち、ポールに掲《かか》げられた校旗《こうき》がはたはたと揺《ゆ》れた。

「――――」

咄嗟《とっさ》のことに、耳を塞《ふさ》ぐのが遅《おく》れる。まるで大爆発《だいばくはつ》の余波《よは》を受けたように何も聞こえなくなり、一瞬目眩《いっしゅんめまい》さえした。

その刹那《せつな》が、命取りである。

物凄《ものすご》い勢《いきお》いでティアマット級の長い身体が迫《せま》るのに、駆真は対応しきれなかった。

爪先《つまさき》で小さな小石を弾《はじ》くが如《ごと》く、軽々と彼女の身体は校舎の壁に叩《たた》きつけられる。その際《さい》天駆機関の駆動が〈着《タッチ》〉になったのだろう、そこからずるずると地面に落ちていった。

「――か、ア――ッ」

臀部《でんぶ》が校庭についてから、苦しげに駆真がうめきを漏《も》らす。

壁に打ち付けた背《せ》と、攻撃をすんでのところで受けた右腕《みぎうで》が、激《はげ》しく痛《いた》んだ。右手の天駆機関は部品を組み直すことすら困難《こんなん》なほどに壊《こわ》れ、弾けている。それに包まれていた腕は、内出血のためにか紫色《むらさきいろ》に変色していた。

「……くそ」

泣き出してしまいそうな痛みを堪《こら》え、ティアマット級空獣《エア》に眼光《がんこう》を送る。

しかし空中から、あまりにも小さな駆真を見下ろす怪物《かいぶつ》に、そんな視線《しせん》など意味を成さないのだろう。打ち方の甘《あま》かった虫に追撃《ついげき》を加えるように、巨大な身体を再度《さいど》振《ふ》りかぶるように後方へとやる。

「――――っ、この――」

即座《そくざ》にマーケルハウツを〈翔《ソア》〉にセットしようとする。しかし、間に合わない――！

「ねえさま――ねえさま――ッ」

「ちょ……危《あぶ》ないわよアリサ！」

「だって……だって……」

体重で劣《おと》る在紗に美須々の壁《かべ》を破ることなどできはしない。しかしそれでも、彼女は手を伸《の》ばすことを止められなかった。前方――地面に落ちた駆真に向かって。

恐ろしく巨大な空獣《エア》は、さらに駆真に攻撃を加えようとしているようである。在紗は身体《からだ》を流れる血が温度を失っていくかのような感覚に襲《おそ》われた。あんな空獣《エア》の身体を直撃させられたら、駆真は死んでしまう！

「――ねえさま――ッ！」

在紗が喉《のど》を擦《す》りきるような叫びを上げた瞬間。

空獣《エア》の身体を、光の線が覆《おお》った。


「――――何――――？」

駆真は未《いま》だ自分に意識《いしき》があることに幾《いく》ばくかの驚《おどろ》きを覚えながら、目前のティアマット級を眺《なが》めていた。

信じられないことに、淡《あわ》く光る帯のようなものが空獣《エア》の身体に絡《から》みつき、その動きを空中で止めていたのだ。

「一体……これは」

「カァアアアルゥウマアアアさぁあまぁあ……ッ！」

呟《つぶや》く駆真に、恨《うら》めしげな声がかけられる。

それに導《みちび》かれるように顔を左方に振ると、そこには一人の人間が立っていた。目の覚めるような金髪《きんぱつ》に、碧眼《へきがん》。時代考証《こうしょう》を間違《まちが》っているかのような厚《あつ》ぼったいローブに身を包んだ、見覚えのある顔である。何故《なぜ》か髪はぐしゃぐしゃ、衣服もボロボロで、所々覗《のぞ》いた肌《はだ》には幾つもの切り傷《きず》や擦り傷が見えていた。

「……アステナ？」

「み、見つけましたよ……ッ！　今度こそちゃんと魔王《まおう》を倒《たお》してもらいますからね……！」

顔面を涙《なみだ》と鼻水で汚《よご》したアステナが、今までにない鬼気迫《ききせま》る調子で言う。

「……どうしたんだ、その傷は」

「ど、どどどうしたって……そんなの、あのあと必死に魔王城《じょう》から逃《に》げ出したからに決まってるでしょうッ！　ホントに、ホンツッツットに死ぬかと思ったんですからねっ……！　ていうか今生きてるのが不思議なくらいなんですからね！」

「……何故《なぜ》ここに？　幻素《げんそ》とやらは全《すべ》て掌握《しょうあく》されているのではなかったのか？」

「……幸いにも魔王がダメージを負ったおかげで、少しだけ幻素が解放《かいほう》されたようです。一応《いちおう》、そのおかげでなんとか逃げることもできました」

その点においてのみは、駆真に感謝《かんしゃ》しているようで、アステナが一瞬《いっしゅん》怒気《どき》を収《おさ》める。

「そうか。——それにしても、よく逃げられたな」

「よよく逃げられたですッて……？　よくも臆面《おくめん》もなくそんなこと……！　じ、じゃあ何であの局面で裏切《うらぎ》ったんですかッ！」

アステナが肩《かた》をいからせ、叫《さけ》ぶ。と、それと同時にティアマット級が苦しげな咆吼《ほうこう》を上げ、身体をよじった。

「う、うるさいッ！」

アステナが右手を複雑《ふくざつ》に動かすと、その指先の通ったところに、淡《あわ》い光の線が生まれた。それを複雑に絡み合わせたかと思うと、彼女は手をティアマット級の方へと振る。光の方陣はそれに弾《はじ》かれるように空獣《エア》に迫り、輝《かがや》く鎖《くさり》となってより強くその巨軀《きょく》を拘束《こうそく》した。

「……おまえの仕業《しわざ》——か？」

「……ええ。今のはこちらの世界の幻素を使用しました。封緘《シール》という盟術《めいじゅつ》です」

「そうか」

駆真は痛みを押《お》さえて立ち上がると、無事な左手でアステナの頭を叩《たた》いた。

「あぅあッ！　な……なにするんですかぁ……」

「——一応感謝しておく。だからこれでチャラにしてやる」

「ぶ、文脈が滅茶苦茶《めちゃくちゃ》ですよぉ……」

アステナが恨みがましく言ってくるが、本来ならば再会《さいかい》の折には足腰《あしこし》立たなくしてやろうと思っていたのだ。かなりの減刑《げんけい》といえるだろう。

と、二人の会話に被《かぶ》るように、ティアマット級が再《ふた》び咆吼する。アステナの封緘《シール》とやらを一気に引き千切《ちぎ》り、解放を喜ぶように、そして束縛者《そくばくしゃ》を恨むように空気を震《ふる》わせた。

「手伝え、アステナ。あの化け物を倒す」

「ふ——ふん！　何を言ってるんですか……！　あ、あなたは魔王を倒してくれなかったじゃあいたッ！」

アステナの言葉など聞かず、その尻《しり》をマーケルハウツの爪先《つまさき》で蹴《け》り上げる。

「いいから、黙《だま》ってやれ」

その言葉を残し、駆真は上空へと飛び上がった。必然ティアマット級の眼前《がんぜん》にはアステナ一人が残される形となってしまい、気の小さい盟術師は慌《あわ》てて封緘《シール》の盟術を発動させるのだった。

「よし——」

奥歯《おくば》を嚙《か》みしめて右手の痛みを堪《こら》え、空獣《エア》の腹《はら》に蹴りを見舞《みま》う。

やはりそこには背《せ》ほどの硬度《こうど》はなかったようで、ティアマット級は奇妙《きみょう》なうめき声を上げた。だが、それでも致命傷《ちめいしょう》にはほど遠いらしい。瞬間——その身体《からだ》を絡め取っていた光の帯が弾け飛んだ。ティアマット級はすぐに体勢《たいせい》を立て直し、その鋭《するど》い牙《きば》で駆真の肉を裂《さ》こうとしてくる。

「――くっ」

それを再び光の帯が遮《さえぎ》り、その隙《すき》に駆真は上空へと脱《だつ》する。

「――アステナ」

「こ、こいつを倒したら、今度は絶対《ぜったい》に、絶対に魔王を倒してもらいますからね……ッ！」

言いながらアステナがふわりと宙《ちゅう》に舞い、校舎《こうしゃ》の屋上に着地する。おそらくそれも盟術の一種だろう。

駆真は適当《てきとう》に手を振《ふ》ると、ティアマット級に向かって天駆機関を駆動《くどう》させた。

ティアマット級がそれに気づき、またも駆真に牙を立てようとするのを、アステナの封緘《シール》が絶妙《ぜつみょう》なタイミングで止める。即席《そくせき》の連携《れんけい》ではあったけれど、アステナは存外《ぞんがい》上手《うま》く駆真の動きと呼吸《こきゅう》を読んでくれていた。

次いで、ティアマット級の首が横に揺《ゆ》さぶられる。

「…………？」

一瞬《いっしゅん》またも何らかの盟術かと思ったが――どうやら違《ちが》うようだ。

その身体の弾かれ方に見覚えがあった。それは、超長距離《ちょうちょうきょり》からの、空獣弾《エア・ブリット》での狙撃《そげき》。

空獣《エア》の骨《ほね》から製造《せいぞう》された空獣弾《エア・ブリット》は、空獣《エア》の特性《とくせい》をそのまま有した特殊弾《とくしゅだん》だ。ホルダーにセットしていなければふわふわと浮遊《ふゆう》してしまうそれは、銃口《じゅうこう》から射出《しゃしゅつ》されることによって異常《いじょう》な速度と射程《しゃてい》距離をはじき出す。流れ弾《だま》の危険《きけん》が大きすぎるため、通常の銃砲類《じゅうほうるい》所持免許《めんきょ》の他《ほか》に特別資格《しかく》が無ければ扱《あつか》えない代物《しろもの》だった。

駆真の蹴りよりも遥《はる》かに威力《いりょく》の高い『点』の攻撃《こうげき》を皮膚《ひふ》に突《つ》き立てられ、ティアマット級が悲鳴のような叫びを上げる。

たん、たん、と一定のリズムを持ちながら、空獣《エア》の硬《かた》い肌《はだ》を貫《つらぬ》くその閃光《せんこう》。駆真は脳裏《のうり》に浮《う》かんだその人物の名を呼《よ》んだ。

「——三谷原」

五発程度《ていど》の空獣弾《エア・ブリット》を撃《う》ち込《こ》んだときだろうか、スコープの中の巨大空獣《きょだいエア》の身体から光が掻《か》き消え、またも動きを取り戻《もど》す。

今三谷原が構《かま》えているのは〈久遠《くおん》の声〉ではない。大型のグリフォン級以上の空獣《エア》が出《しゅっ》現《げん》したときのみ使用が許可《きょか》される、対物《アンチ・マテリアル》ライフル・〈叫喚《きょうかん》の調《しらべ》〉である。

重量があるため通常は伏射《ふくしや》で射撃《しやげき》を行うのが一般的《いっぱん》であるが、天駆機関の上ではそうもいかない。反動で後方へ吹《ふ》き飛ばされてしまわぬように駆動をしっかり〈停《ステイ》〉に入れ、天駆機関のフロント部分に銃身を載《の》せるようにして遥《はる》か遠くの空獣《エア》に銃弾《じゅうだん》を突き立てる。

三谷原は細く、長く息を吐《は》き、〈叫喚の調〉に、手持ちの空獣弾《エア・ブリット》を入るだけ装填《そうてん》した。

「フーン、フフーン、フフー、フフフフーン」

その妙《みょう》な鼻歌は、三谷原が連続して狙撃を行うときの癖《くせ》のようなものであった。別段意《べつだん》識《しき》してのことではないし、曲にこだわりがあるわけでもないのだが、何故《なぜ》か気づくといつも鼻からは変梃《へんてこ》な音調が漏《も》れ出ている。

三谷原自身が深層《しんそう》意識下で戦闘行為《せんとうこうい》に楽しみを感じているのかも知れないし――まったく逆《ぎゃく》に、面倒《めんどう》な作業に耐《た》えかねた身体が、無意識《むいしき》のうちに口ずさんでいるのかも知れなかった。

『よく当たりますね……あんなの』

耳に届《とど》く美栄《みはえ》の声に、三谷原はふふんと鼻を鳴らした。

「……なんで俺《おれ》の命中率《めいちゅうりつ》が高いか、分かるかい？」

『い、いえ……分かりません……』

まさかそう返されるとは思っていなかったのか、口ごもる美栄に小さく笑ってから、三谷原は再び〈叫喚の調〉を構《かま》えた。

「簡単《かんたん》さァ。俺は絶対当たる時しか引き金を引かない。それだけの、単純《たんじゅん》なハナシ」

そう言って三谷原は、へたくそな鼻歌を再開《さいかい》した。

未《いま》だ戦況《せんきょう》は有利とは言えない。

幾度《いくど》動きを止め、幾度蹴りを見舞い、幾度空獣弾《エア・ブリット》を突き立てても、その規格外《きかくがい》の怪物《かいぶつ》は、まだ倒《たお》れようとはしなかった。

しかし、追い風は確実《かくじつ》に駆真に吹いていた。

一時は絶望的な状況《じょうきょう》に陥《おちい》りはしたものの、予想外であったレーベンシュアイツからの応《おう》援《えん》と、三谷原ら鷹崎小隊の参戦。そして――

「このノ蛇《へび》がぁアッ！　ワタクシのマぁスターになぁにスルのよさァァァァッ！」

倒すことは出来ずとも、騎士《きし》たちが掃滅《そうめつ》に十分な装備《そうび》を整えてくるまでの時間は稼《かせ》げるだろう。そう駆真が考えていたとき、そんな怒号《どごう》にも似《に》た叫《さけ》びが彼女の耳に届《とど》いた。

その独特《どくとく》の発音をする者は、駆真の記《き》憶《おく》に一人しかいなかった。古代皇華《おうか》栄禅《えいぜん》の魔人《まじん》・ウタである。

彼女は駆真をも驚《おどろ》かせた超加速《ちょうかそく》で以《もっ》て皓成小《こうせい》の校庭に走り込み、足を曲げて跳躍《ちょうやく》すると、ティアマット級の背《せ》に飛びついた。

「何――っ」

「おぁアアぁッ！」

彼女の背には、十本近いケーブルが生えていた。そしてその先端《せんたん》には大きな『手』が認《みと》められる。

ウタは身体《からだ》を振《ふ》りかぶるようにしてから前方に倒《たお》し、同時に無数の『手』を放った。

幾つもの『手』はティアマット級の背を覆うように広がると、

「どっせぇぇぇぇイっ！」

ぶちぶちぶちぶちぶち、と凄《すさ》まじい音を立てて、背に幾つもの穴を開けていった。

「…………………」

赤い色の液体《えきたい》が空に撒《ま》かれ、玉となってふよふよと浮遊した。視覚《しかく》からだけで空獣《エア》の痛みが推《お》して知れる。

さすがにのたうち回るティアマット級の背にしがみつき続けることは困難《こんなん》だったのだろう、ウタが身を翻《ひるがえ》して綺麗《きれい》に着地をし、十分距離《きょり》をとってから、空中の駆真に親指を立てて笑《え》みを向けてきた。

「おまえ……」

「ンもう、マぁスター。置いてッチャうなんてヒドいですヨお」

どうやらあのあと、ウタも迷宮《めいきゅう》を突破《とっぱ》したようだった。こちらはアステナと異《こと》なり駆真にさして恨《うら》みは抱《いだ》いていないようで、からからと脳天気《のうてんき》な笑みを向けてくる。

「…………………」

無言で、ウタと空獣《エア》を交互《こうご》に眺《なが》める。頭中でのみ「凄まじいな」と呟《つぶや》き、周囲に展開《てんかい》する頼《たの》もしい仲間たちを一望した。

――もしかしたら、これならば――

駆真は遥か上空――蒼穹園の名のもとにもなった、透《す》き通るような青空に目を向ける。

「出来るだけ長くティアマット級の動きを止めろ！　可能《かのう》か！」

大声で叫《さけ》ぶと、校舎《こうしゃ》の屋上から一つ、足下《あしもと》から一つ、インカムから幾つもの了解《りょうかい》の声が届いてきた。

「上等だ」

そして駆真は、そこから一直線に、空へと舞《ま》い上がった。

マーケルハウツを〈翔《ソア》〉にセットしたまま、ただ上だけを向いて加速を続ける。上へ、上へ、上へ、上へ。雲を突《つ》き抜《ぬ》け、それでもまだ上へ。

長時間高速で飛行していたならば、全身が凍傷《とうしょう》になってしまいそうな高度まで辿《たど》り着き、駆真はようやく上昇《じょうしょう》を止めた。

太陽の強い日差しをその背に浴びながら、右足を高く掲《かか》げる。

そして。

「行キマスヨオ！　上の金髪《きんぱつ》さンん！」

妙《みょう》な発音で喋《しゃべ》りかけてくる、これまた妙な出《い》で立ちの少女に多少戸惑《とまど》う様子を見せながらも、アステナは世界に広がる幻素を集積し、『手の平の中の奇跡《きせき》』を構築《こうちく》する。

その形態《けいたい》は『封緘《シール》』。光の帯で対象を絡《から》め取り、その動きを奪《うば》う拘束盟術《こうそくめいじゅつ》である。

「と、止まれッ！」

アステナは両手の平を怪物《かいぶつ》に向け、右と左の指二本ずつを突き出して、時計の針《はり》で九時を示《しめ》すように印を組んだ。

瞬間《しゅんかん》、怪物の周りに淡《あわ》い光が現《あらわ》れ、その身体を幾重《いくえ》にも雁字搦《がんじがら》めにする。

それを見計らってか、またも遠くから怪物の側部を、異常《いじょう》な速度を持ったつぶてのようなモノが襲った。

るぅぉおおおん、るぉぉぉぉおおおん、と苦しげに声を出しながら怪物が束縛《そくばく》から逃《のが》れようとするが、それはアステナが許《ゆる》さない。さらに精霊《せいれい》に呼《よ》びかけ、光の帯を強く、太いものへと変えていく。

そしてさらに、怪物を襲う影《かげ》が一つ。

身体中縫《からだじゅうぬ》い傷《きず》だらけの、いやに派手《はで》な髪をした少女が再《ふたた》び跳《と》び上がり、怪物の背を穿《うが》っていく。その度アステナの腕《うで》に負荷《ふか》がかかるが、そこは仮《かり》にも魔導《まどう》先進国レーベンシュアイツの宮廷《きゅうてい》盟術師である。決して封緘《シール》を弛《ゆる》めることなく、拘束を維持《いじ》し続けた。

が——そんな中、怪物の行動に変化が現れる。

まるで溜《た》めた息を一気に吐《は》き出すように、ほんの少し首を縮《ちぢ》めたのだ。

「な、ななななな何ですか……っ」

不穏《ふおん》な空気を感じ取って、アステナが奥歯《おくば》を震《ふる》わせる。

目の前の怪物が、何かを仕《し》掛けようとしている。具体的な行動などはわからなかったが、何故《なぜ》かそれは感じ取れた。

片足《かたあし》を後ろに引き、衝撃《しょうげき》に耐《た》えるように体勢《たいせい》を作る。

しかし、結局それは無駄《むだ》に終わった。結果を言ってしまえば、何も起こらなかったのである。

たわけではない。

——否《いな》、正しくは、その怪物が何もできなかっただけで、現象《げんしょう》として何も起こらなかったのだ。

怪物が首を戻《もど》そうとした刹那《せつな》、地面から槍《やり》のように鋭《するど》い岩が隆起《りゅうき》し、その首を射抜《いぬ》いたのだ。結果怪物はそこで完全に行動を止められ、まるで標本に飾《かざ》られた昆虫《こんちゅう》のように、地に繋《つな》ぎ止められることとなった。

無論《むろん》まだその巨大《きょだい》な異形《いぎょう》は生に執着《しゅうちゃく》し、封緘《シール》で束縛されていない身体の末端部を必死に動かしてはいるのだが、その自由がほぼ完全に奪《うば》われていることは、誰《だれ》の目にも明らかであった。

「——おぉぉ、すんゴイですネエ、金髪さン！」

地面から縫い傷の少女が感嘆《かんたん》にも似《に》た声を上げてくるが、身に覚えのないアステナは、ただ不思議そうに首をひねるだけだった。

「——まあ、これくらいのお手伝いは構《かま》いませんわね。今、またハウリングを吐《は》こうとしていましたもの」

「——ええ、これくらいのお手伝いは構いませんわよ。今、またハウリングを吐こうとしていましたもの」

虚空《こくう》から、お互《たが》い以外誰も聞くことが無いであろう澄《す》んだ声音《こわね》が響《ひび》く。

「わたくしたちの迷宮《めいきゅう》から生まれた神を殺そうとするなんて、本当、悪い子ですわね」

「わたくしたちの迷宮から生まれた神を殺そうとするなんて、本当、悪い子ですわよ」

「うふふふふ」

「うふふふふ」

声たちは笑い合い、虚空に掻《か》き消えていった。


三谷原はバゼット式天駆機関の上で、まだ空獣弾《エア・ブリット》の残る〈叫喚の調《きょうかんのしらべ》〉のスコープから目を外した。そして片手《かたて》で器用に胸ポケットから煙草《たばこ》を取り出し、火を点《つ》ける。

『そ……曹長《そうちょう》、いくらなんでも喫煙《きつえん》は……。任務《にんむ》はまだ……』

「……いんやァ、終わりさ」

通信端末《たんまつ》から聞こえてくる美栄の言葉に返し、三谷原は紫煙《しえん》を吐き出した。

『……は？』

「――天鎚《てんつい》・〈空分《うつほわかち》〉。生で見られるたァ君らも運がいい」

三谷原がのんびりとした口調でそう言う。その垂《た》れ下がった目は、遥《はる》か上空に跳《と》び上がった駆真を見つめていた。

超高速《ちょうこうそく》で蒼穹《そうきゅう》から地上に向かって一本の線が引かれていく。

意識《いしき》が飛びそうになる浮遊《ふゆう》感の中、鷹崎駆真を構成《こうせい》する全《すべ》ての要素《ようそ》が、細く、鋭《するど》く研《と》ぎ澄《す》まされる。

今この瞬間、駆真の右足は最強無比《むひ》の鎚《つち》となりつつあった。この世界に断《た》てぬモノなど無く、砕《くだ》けぬモノなども無い。触《ふ》れしもの全てに破壊《はかい》を撒《ま》く、絶対《ぜったい》平等の裁断者《さいだんしゃ》。

「————————————————————!」

そうして雲を突《つ》き破《やぶ》り、下へ、下へ、下へ、下へ。

地に繋がれ光に囚《とら》われた、哀《あわ》れなる異形の頭部を捉《とら》え、さらに下へ。

視覚《しかく》などは、もうほとんど機能《きのう》してはいなかった。ただ身体《からだ》の細部に至《いた》るまでが異常なまでに敏感《びんかん》になったように、肌《はだ》の感触《かんしょく》のみで彼《か》のケモノの位置が確信《かくしん》できる妙《みょう》な感覚だけが鮮明《せんめい》。

脳《のう》がフルに活動を開始して全身がハイ。この身はただ砕くために。

生ける伝説、ティアマット級空獣《エア》。

その脳天《のうてん》に。

「――――――――――――――――――消え失《う》せろ」

駆真と言う名の鎚が、突き立てられた。

ろぉぉぉぉうううううあぁぁぁぁぁぁぉぉぉぉぉぉぉおぉぉぉぉおおぉん――

長い、長い断末魔《だんまつま》を残し、その甲冑《かっちゅう》の如き頭部が、縦《たて》に断ち分かたれる。

おびただしい血液《けつえき》や砕けた頭骨《とうこつ》、脳漿《のうしょう》、皮膚《ひふ》の砕片《さいへん》などが駆真の混濁《こんだく》した視界を飾《かざ》り、ティアマット級の巨大な体軀《たいく》から力が抜《ぬ》け落ちた。

本来ならば地に還《かえ》り、土の糧《かて》となって次代の生命を育《はぐく》むべきその死骸《しがい》は、しかし空中に横たわったままだ。それが空獣《エア》の空獣《エア》たる所以《ゆえん》。血の一滴《てき》、爪《つめ》の一欠片《ひとかけら》さえも、大地に触《ふ》れることはない。それは、どのような大型種であっても逃《のが》れ得ない定《さだ》め。

「…………っ」

眉《まゆ》をひそめる駆真。天駆機関の外殻装甲《がいかくそうこう》、内部緩衝材《かんしょうざい》、空戦衣を通し、すぐさま脚《あし》に重く鈍《にぶ》い手応《てごた》えが伝わってきた。

インパクトの際《さい》にダメージ軽減《けいげん》のための体重移動《いどう》を行っているとはいえ、ティアマット級の厚く硬《かた》い頭蓋《ずがい》を踏み抜いた衝撃《しょうげき》は凄《すさ》まじい。手の指先、脳天の先まで痺《しび》れるような震動《しんどう》が伝わり、駆真の意識を朦朧《もうろう》とさせた。

しかし空中にいるまま気絶するわけにはいかない。軋《きし》みを上げる身体を気遣《きづか》いながら、マーケルハウツを緩《ゆる》やかに〈浮《フロート》〉から〈着《タッチ》〉に切り替《か》え、地面に足をつける。

ダメージの少ない左足から着地させたのだが、それでも全身に電撃のような痛《いた》みが走った。だが、それを顔には出さぬよう必死に抑《おさ》え込《こ》む。別に騎士《きし》としてのプライドとか、そういうものが働いたわけではない。

そう、理由はもっと単純《たんじゅん》に——

「ねえさま——」

そんな、可愛《かわい》らしい声が鼓膜《こまく》を震《ふる》わせたからだった。

在紗がその白い髪《かみ》を揺《ゆ》らしながら、小走りになって駆真の元に寄《よ》ってくる。それを苦痛《くつう》に歪《ゆが》んだ顔で出迎《でむか》えることなど、駆真に出来るはずがなかったのである。

「大丈夫《だいじょうぶ》……？　ねえさま」

心配そうな顔で駆真を見上げてくる在紗に応《こた》えようとするが、肺《はい》が痛《いた》んで、上手《うま》く声が出せなかった。もしかしたら肋骨《ろっこつ》の一部が肺を傷《きず》つけているのかも知れない。

しかしそんなことで在紗を不安がらせるような真似《まね》は出来なかった。ゆっくりと膝《ひざ》を折り、在紗と目線の位置を合わせてから、彼女の頭を優しく撫《な》でる。そして——

駆真は優《やさ》しげに、笑った。

——そんな駆真の柔和《にゆうわ》な表情《ひようじよう》を見てか、周囲からどよめきが起こる。

辺りには小学校にいたと思《おぼ》しき面々やアステナ、ウタの他《ほか》、今更《いまさら》ながら参じた蒼穹園騎士団の騎士たちが確認《かくにん》出来た。皆《みな》一様に怪奇《かいき》現象《げんしよう》でも目の当《ま》たり《あ》にしたかのような表情で、駆真たちの方を眺《なが》めている。

無論《むろん》、駆真がそんなことを気にするはずもない。加え、今はそれに対応《たいおう》するだけの体力も残されていないようだった。頭の後ろの方へ意識が引っ張《ぱ》られていくように感じると同時に、駆真は在紗に上体を預《あず》けるようにして倒《たお》れ込んだ。

◇

在紗がふと顔を上げると、時計の短針《たんしん》はもう五の位置にまで差し掛《か》かっていた。

どうやら知らず知らずのうちに時間が経《た》ってしまっていたらしい。いつの間にか窓《まど》から

入る陽光も赤く染《そ》まっており、白を基調《きちょう》に構成された病室を見事に彩色《さいしき》している。

在紗は腰《こし》を落ち着けていた丸椅子《まるいす》から立ち上がると、窓に設《しつら》えられたブラインドを下ろして光を遮《さえぎ》った。夕日に彩《いろど》られた壁面《へきめん》はとても綺麗《きれい》だったのだけれど、その刺々《とげとげ》しい西日は、ようやく訪《おとず》れた駆真の僅《わず》かながらの休息を邪魔《じゃま》してしまいそうであったから。

今この場――皓成大付属《こうせいだいふぞく》小からもっとも近い位置にある総合《そうごう》病院の一室にいるのは、在紗と、ベッドの上で眠《ねむ》る駆真だけであった。

少し前までは駆真の容態《ようたい》を心配した騎士たちが何名かいたのだが、彼女の傷が思いの外《ほか》軽微《けいび》だったことが医師《いし》の口から知らされると、皆安堵《あんど》したような様子を見せて帰っていった。駆真が目覚めるまで待っていたいという人もいたのだけれど、それが原因《げんいん》で明日の仕事に遅《おく》れることになっては少尉《しょうい》に申し訳《わけ》が立たないと、残念そうに去っていった。

かくしてようやく小さな個室《こしつ》に二人きりとなったわけではあるが、在紗もそろそろ家に帰らなければならない時間だった。面会の終了時刻《しゅうりょうじこく》は午後八時なのだが、もう帰路に着かねば、日の落ちた道を歩くことになってしまう。常日頃《つねひごろ》から、夜道を一人で歩いてはいけないと教えられている在紗にとっては、美しい夕日はタイムリミットを示《しめ》す黄色信号なのである。

「……よし、と」

長らく座《すわ》っていたことで見事に皺《しわ》を作ってしまった制服《せいふく》のスカートを手で軽く叩《はた》き、在紗は傍《かたわ》らに置いていた通学鞄《つうがくかばん》を背負《せお》った。

「……そろそろ行くね、ねえさま」

言って、駆真の頭を撫でるように手を滑《すべ》らせ、漆黒《しっこく》の髪を指で梳《す》く。さらさらと細指の隙間《すきま》からこぼれ落ちていくそれは、さながら凪《なぎ》に吹かれる若草《わかくさ》のようだった。

ほう、と息を吐《は》いてから、爪先《つまさき》を入り口に向ける。

しかしそこからの一歩が問題だった。別に一人で家に帰るのが怖《こわ》いわけではない。ただ、医師から太鼓判《たいこばん》を押されたとはいえ、未《いま》だ目を覚まさない駆真を置いて去ることを、頭のどこかが不安に思っているのかも知れなかった。

否《いな》——多分、それだけではないだろう。

在紗にはまだ、駆真に言わなければならないことがあったのだ。

窓に寄り、ブラインドの隙間《すきま》から外の様子を覗《のぞ》く。まだ、まだ大丈夫《だいじょうぶ》と小声で呟《つぶや》くと、在紗は膝を折って駆真の枕元《まくらもと》に身を乗り出した。胸部《きょうぶ》の上下運動に合わせて聞こえてくる微《かす》かな呼吸音《こきゅうおん》に安堵感を覚えながら、自分の腕《うで》の上に頬《ほお》を置く。

「……ねえさま」

呼《よ》びかけるように呟いて、頬を指で押してみる。無論《むろん》、反応《はんのう》はない。

駆真がきちんと眠《ねむ》っていることを神経質《しんけいしつ》気味に数度確認したあとで、在紗は囁《ささや》くように口を開いた。

「今日は、来てくれて、ありがと……本当に、本当に嬉《うれ》しかったよ。……正直に言うとね、忙《いそが》しかったら来なくていいよとか、無理しないでいいよとか、あれね、少し、嘘《うそ》。……本当はね、絶対《ぜったい》、絶対来て欲《ほ》しかったの。任務《にんむ》なんて放《ほう》って、来て欲しかったの」

辿々《たどたど》しく、駆真の反応が変化しないことを逐一《ちくいち》確認しながら言葉を紡《つむ》いでいく。もし意識《いしき》があるときにこんなことを言ってしまっては、駆真は迷《まよ》い無く騎士団の仕事を捨《す》て置いて在紗のもとに駆《か》けつけてしまうだろうから。

「……だから、ちょっとだけ遅《おく》れちゃったけど、ちゃんと来てくれて嬉しかった。それに、ねえさま、今日は――ううん、今日も、すごく格好《かっこう》良かったよ。うん、誰にも負けないくらい。私、本当に、ねえさまの姪《めい》でよかった。――ええと……ん、なんて言えばいいのかな……」

在紗は数瞬《すうしゅん》の間思案するが――己《おのれ》の意思《いし》を端的《たんてき》に表す言葉はすぐに知れた。

「大好きよ、ねえさま」

そう言った瞬間、駆真の眉間《みけん》が微《かす》かに動いた気がして、在紗はバッと立ち上がった。

「……ねえさま？」

意識が戻《もど》ったのだろうか？——そう思った途端《とたん》、自分の言動が恥《は》ずかしくなって、在紗は頬を染め目線を斜《なな》め下に逸《そ》らした。しかし、駆真が目覚める気配はない。在紗は放念に細く息を吐くと、鞄を背負い直してから駆真に手を振《ふ》った。

「……じゃあね。また明日来るから」

名残惜《なごりお》しい気がしないでもないが、もう本当に帰らねばならない時刻である。在紗はなるべく足音を立てないようにリノリウムの床《ゆか》を歩き、ゆっくりと扉《とびら》を開けた。

と——

「ん？」

「……っ」

在紗は小さく呻《うめ》きを上げた。ドアを開けた先に聳《そび》えていた壁に弾《はじ》かれ、尻餅《しりもち》をついてしまったのである。

「おっと」

どうやら壁に思えたのは大柄《おおがら》な男性《だんせい》らしかった。白髪混《しらがま》じり——というよりもはや白色の領域《りょういき》が多い長髪《ちょうはつ》をうなじのあたりで一つに括《くく》っている。歳《とし》はもう五十を超《こ》えていそうだが、一切《いっさい》の無駄《むだ》が削《けず》られたかのような肉体は、その老齢《ろうれい》を感じさせぬほどの迫力《はくりょく》を滲《にじ》ませていた。

騎士団《きしだん》の肩章《けんしょう》が付いた略式《りゃくしき》礼服を身につけているところから、駆真への客であることが分かる。在紗は床に臀部《でんぶ》をつけたまま小さく会釈《えしゃく》した。

「すまんな。大丈夫《だいじょうぶ》か」

「あ……はい、大丈夫、です」

差し出された手を握《にぎ》って立ち上がる。いやに骨張《ほねば》った、硬《かた》い手だった。もう何年も前に刻《きざ》まれたのであろう細かい傷《きず》が幾《いく》つも確認《かくにん》出来る。在紗が視線《しせん》を上げてその男性の顔を見ると、左のこめかみの辺りにも大きな裂傷《れっしょう》の痕《あと》があった。

と、男は在紗を立ち上がらせたかと思うと、顎《あご》の辺りに手をやって眉《まゆ》を上げた。

「ああ、君は——鷹崎の娘《むすめ》か」

「あ、いえ……姪、ですけど」

言いながら、在紗は疑問符《ぎもんふ》を浮《う》かべた。姉妹に間違えられることはよくあるのだが、さすがに親子に見られたことは一度もない。

しかし男は意外そうに目を丸め——やがて得心がいったかのように小さくうなずいた。

「ああ、そうか」

「……はい？」

「いや、気にしないでくれ。そう大したことじゃあない。……どちらにせよ、ここは鷹崎駆真少尉《しょうい》の病室で間違いないんだろう？」

言うと、男は入室の許可《きょか》を求めるように、首を傾《かし》げる仕草をして見せた。思えば、まさに今部屋を出ようとしていた在紗はちょうど入り口を遮《さえぎ》ってしまっている。在紗は「あ」と小さく呟くと、軽く頭を下げてから壁際《かべぎわ》に寄《よ》って道を開けた。

「悪いな」

「いえ……」

男は在紗の目の前をのしのしと歩くと、駆真の眠《ねむ》るベッドの横に立った。そのまま穏《おだ》やかな寝《ね》息《いき》を立てる少女を見下ろす。

「あ……すいません。まだねえさま、起きてないんです」

「ん——そのようだな。まあ仕方あるまい」

その低い声音《こわね》には、言うほど残念そうな心地《ここち》は認《みと》められなかった。駆真の寝顔を眺《なが》めながら腕組《うでぐ》みして息を吐《は》き、苦笑《くしょう》のような表情《ひょうじょう》を作る。

「——まさか、ティアマット級まで倒《たお》してしまうとはな。未《いま》だに信じられん」

「…………」

恐らくそれは誰《だれ》にかけた言葉でもあるまい。感嘆《かんたん》に言葉が付与《ふよ》された独白《どくはく》のようなものだ。

しかし在紗にはそれが駆真への賛辞《さんじ》に聞こえて仕方がなかった。駆真は騎士団の偉《えら》い人（階級章の見方はよく分からないけれど、きっとそうだろう）すら脅威《きょうい》に感じる巨大《きょだい》な空獣《アエ》を見事退治《たいじ》せしめたのだ、という事実が改めて認識《にんしき》されて、在紗は少し頬《ほお》を染《そ》める。正直、自分が直接誉《ちょくせつほ》められるよりもずっと嬉《うれ》しかった。

「——ん？　どうかしたか」

「あ……いえ、なんでもありません……」

どうやら少し顔に出てしまっていたらしい。在紗は先刻《せんこく》とは別の意味でさらに顔を赤くして、顔を俯《うつむ》かせた。

男は在紗の反応《はんのう》を不思議そうに見ていたが、すぐに視線を切ると、組んでいた腕を解《と》く。

「ティアマット級について聞いておきたかったんだが……報告書《ほうこくしょ》を待つとするか。あまり長居《ながい》しても悪いしな。おいとまするよ」

言って、踵《きびす》を返して病室のドアの方に歩いていく。

が——その短い道中、何かを思いだしたかのように「ああ」と呟《つぶや》くと、壁際に立っていた在紗の方に顔を向けた。

「そうだ、忘《わす》れるところだった」

「——？」

在紗がきょとんと見返していると、男は懐《ふところ》に手をやり、封筒《ふうとう》のようなものを引っぱり出した。そして在紗の手をむんずと摑《つか》み、それを無造作《むぞうさ》に握《にぎ》らせてきた。

「え……と、これは……」

在紗は困惑《こんわく》気味に手渡《てわた》された封筒と男の顔を交互《こうご》に見ていたが、彼は面白《おもしろ》がるように在紗を眺《なが》めるだけでそれが何かは答えようとしなかった。

「いやなに、難攻不落《なんこうふらく》の鉄仮面《てつかめん》を崩《くず》した女の子がいるというんでな。まあ、受け取っておいてくれ」

そう言って、小さく笑う。

在紗はさらに混乱《こんらん》するだけだったが、男は構《かま》わず扉《とびら》に手をかけた。

そして、ぎい、と音を立ててドアを開け、病室から一歩足を踏《ふ》み出したのち一瞬《いっしゅん》だけ振《ふ》り返ったかと思うと、

「しかし——鷹崎駆真か。やれやれ、奴《やつ》も恐《おそ》ろしい妹を持ったものだ」

そんな言葉を残して、去っていった。

「え——」

在紗は数秒の間、彼の言ったことが理解《りかい》出来なかった。

だが——脳《のう》は、すぐにそれが意味することを探《さぐ》り当てた。

思えば、先ほど彼は在紗のことを鷹崎の娘と言っていたのだ。嗚呼《ああ》、そのときに気づいても良かったはずだ。それが、鷹崎駆真を示《しめ》していたのでないことに——

「……あ——」

在紗は短く喉《のど》から音を発すると、数秒の逡巡《しゅんじゅん》のあと、病室の扉を開け、廊下《ろうか》に出た。左右に視線をやって男の背《せ》を探《さが》す。

しかし、もうその巨軀《きょく》は見あたらなかった。在紗は幾《いく》ばくかの落胆《らくたん》と、それと同じくらいの、否《いな》、少し多いくらいの奇妙《きみょう》な安堵《あんど》感を込《こ》めて小さく吐息《といき》する。

そして、しばし惚《ほう》けたように立ちつくしたあと、手元に残された封筒に目を落とした。端《はし》のよれた安っぽい茶封筒《ちゃぶうとう》だ。口に封はされておらず、適当《てきとう》に折り返しただけになっている。

在紗は少しだけ思案したあと、意を決して口を開き、中を覗《のぞ》き込んだ。

「え……これって」

◇

夕日の射《さ》し込む廊下に硬《かた》い靴音《くつおと》を響《ひび》かせながら病院の待合室に現《あらわ》れた男を認め、彼の副官を務《つと》める女は、正すまでもない姿勢《しせい》をもう一度確認《かくにん》するように小さくうなずいてから足を動かした。大柄《おおがら》な男の歩調に遅《おく》れぬよう早めに歩みを進め、彼の隣《となり》に並《なら》ぶ。

「御用《ごよう》はお済《す》みになりましたか、少将《しょうしょう》」

「ああ。待たせたな」

言って彼女の方を一瞥《いちべつ》しながらも、男は歩幅《ほはば》を狭《せば》めようともペースを落とそうともしない。

とはいえ何もそれは今に始まったことではない。女は男の倍ほどのスピードで靴音を響かせながらも、顔には別段《べつだん》不満を滲《にじ》ませなかった。分厚《ぶあつ》いレンズの眼鏡《めがね》をくい、と上げ、先を行く男に問う。

「少尉《しょうい》の様子はいかがでしたか？」

「ん、ああ、命に別状《べつじょう》は無さそうだが、まだ目覚めてはいなかったよ」

「そうですか。徒労に終わってしまいましたね」

「いや、そうでもないさ。もう一つの目的は果たせたからな」

言って、男は唇《くちびる》の端に笑《え》みを浮《う》かべた。

「もう一つの目的……ですか」

「ああ。鷹崎の娘《むすめ》……ええと？　在紗、といったかな。今日は彼女に会えただけでもよしとしておくさ」

「……？　少尉に娘さんが？」

女は怪訝《けげん》そうに聞き返した。そんな話は初耳である。

確《たし》か鷹崎駆真の歳《とし》は十七であったはずだ。その年齢《ねんれい》ではまだ養子は取れないはずだし、もし仮《かり》に娘がいるとしても赤ん坊《ぼう》であることは間違《まちが》いない。

しかし男は頭をくしゃくしゃとかくと、苦笑《くしょう》しながら返してきた。

「いや、そうじゃない。あー、またやっちまったな。……そうだよな。君らは、鷹崎っていったら駆真だよな」

男はそう言うと一人で自己《じこ》完結した様子で首を小さく上下させた。

「……いまひとつ話が見えてこないのですが」

「ああ、娘云々《うんぬん》は忘《わす》れてくれ。そう大したことじゃあない」

「は、はあ」

女は怪訝そうに眉《まゆ》をひそめた。

「ええと、その在紗さんというのはどんな人物なのですか？」

「そりゃあ」

言いながら、男が肩《かた》を小さく震《ふる》わせる。どうやら笑っているようだ。

「前人未踏《ぜんじんみとう》の快挙《かいきょ》を成《な》し遂《と》げた偉人《いじん》だよ、偉人。もし俺《おれ》が女王陛下《へいか》なら勲章《くんしょう》を授与《じゅよ》するし、物書きなら伝記を認《したた》めるだろうな」

「そ、そんなにですか」

「いや、やっぱさすがにそれはないかも知れん」

「…………あぁ、そうですか」

女は疲《つか》れたように息を吐《は》いた。——実際《じっさい》この上官を相手に話していると、時折得も言われぬ虚脱《きょだつ》感というか脱力感に襲《おそ》われることがある。そう、今のように。

「どうした？　行くぞ」

「あ、はい」

どうやら足が止まってしまっていたらしい。男の言葉に返《かえ》して歩行を再開《さいかい》する。

無論《むろん》、その間彼の速度はまるで落ちていなかった。小走りになってその巨木《きょぼく》のような背《せ》に追いつき、廊下を進んでいく。

そのままエレベーターに乗り込み一階へ降《お》りた二人は、ロビーを抜《ぬ》けて外に出た。

つい先刻まで世界を赤々と飾《かざ》っていたはずの夕日は少し勢力《せいりょく》を弱め、建造物《けんぞうぶつ》の海からその身の四半分程度《ていど》しか覗《のぞ》かせていない。もうさほど間をおかずに夜がやってくるだろう。

「——ああ、そうそう」

ふと、少将が口を開いた。

「なんでしょう」

聞き返すと、彼は明後日《あさって》の方向を向いたまま続けてきた。

「君が……まだ俺の副官を続けていようと思うなら、鷹崎在紗の名は覚えておけ」

「——は？」

予想外の言葉に、女は素《す》っ頓狂《とんきょう》な声を出した。

「それは……どういう」

「——別に。何となく、な」

男は呑気《のんき》に言って、病院から出た。女も少し戸惑《とまど》いながらそれに続く。

太陽は、もう消え入ってしまいそうだった。

◇

「どうしよう……」

再《ふたた》び手元に目を落とし、呟《つぶや》く。何故《なぜ》あの騎士《きし》がこんなものを在紗に手渡したのかは分からないが、それが理由もなく受け取っていいようなものではないことだけは在紗にも分かった。

と——俯《うつむ》いた在紗の後頭部に、何かが覆《おお》い被《かぶ》さった。形と温度からして、人の手。しかも成人男性《だんせい》のものと思《おぼ》しき大きさである。

「……あ」

もしや先刻《せんこく》の男が戻《もど》ってきたのではと思い顔を上げるが……違う。そこにあったのは予想外の、しかし見知った顔だった。

「よう、在紗ちゃん。鷹崎のやつァ起きたか？」

いつものように気怠《けだる》そうな顔をした男――三谷原雄一《ゆういち》が、病室の中を覗き込みながら言ってくる。彼も他《ほか》の騎士たちと同じく、もう帰ってしまったのだと思っていたのだが。

そんな在紗の思考を表情《ひょうじょう》から読みとったのだろうか、三谷原が気の抜けたような笑みを浮《う》かべた。

「いや、在紗ちゃん一人で帰らせたりしたら、鷹崎が起きたあとに殴《なぐ》られっからなァ。別にずっと待っててもよかったんだけどよォ、ほら、なんつーの、ヤニが切れちまって」

言って指を二本口元へ持っていき、ふうと息を吐いてみせる。どうやら喫煙所《きつえんじょ》に行っていたらしい。そういえば先ほどから、煙草《たばこ》の臭《にお》いが漂《ただよ》っていた。

在紗は冗談《じょうだん》めかすように肩をすくめる三谷原を見て苦笑した。こう見えてよく気の付く彼のことだ。煙草が吸《す》いたくなったのは事実だろうけれど、もしかしたら、在紗に駆真と二人の時間をくれたのかも知れない。

「んで、どうかしたのか？　慌《あわ》てて飛び出してきて」

三谷原が不思議そうに訊《き》いてくる。在紗は「あ」と小さく漏《も》らしてから、手に握《にぎ》った封《ふう》筒《とう》を三谷原に示《しめ》した。

「うん？　これは？」

開いた封筒の口から中身を覗き見た三谷原が首をひねる。その中には、蒼穹園初代女王の肖像《しょうぞう》が印刷された高額紙幣《こうがくしへい》が二枚《まい》入っていた。

「実は……」

在紗は今し方病室に来訪《らいほう》した騎士と思しき男に手渡《てわた》された旨《むね》を簡単《かんたん》に説明した。はじめは眉《まゆ》を歪《ゆが》めていた三谷原だったが、話が進むにつれ口の端《はし》を上げていき、最後には「あァ」と得心がいったように呟いた。

「もしかして一月前の文書のやつか。はは、アレ本当に有効《ゆうこう》だったんだなァ」

「えと……何の話ですか？」

「いやまァ、要は、そいつは確《たし》かに在紗ちゃんのモンってことさ。好きに使えばいい」

「でも、そんな。困《こま》ります……」

在紗は三谷原の顔を見上げて言った。眉は情《なさ》けなく八の字になっており、本当にこの封筒の中身をどう処理《しょり》すればよいのか分からないと訴《うった》えかけている。

三谷原は数秒の間眉間《みけん》の辺りを小指でかきながら呻《うな》っていたが、目線を在紗から病室の奥《おく》に飛ばしたかと思うと、あごをしゃくってベッドに眠《ねむ》る駆真を示した。

「――んじゃ、こんなのはどうだ？」

三谷原は在紗の頭に再度《さいど》手を置いてから、それを提案《ていあん》した。

それは素敵《すてき》なアイディアだった。しかし在紗は微《かす》かに眉をひそめると、

「……でも、んと、本当に使っちゃっていいんですか？」

言って、また悩《なや》むように下唇《したくちびる》を噛《か》む。

「いいんだよ。構《かま》うこたァない」

へらへらと笑ってから、三谷原は首を後方に向けた。

「しっかし……一体ドコのどいつだァ？　在紗ちゃん、その封筒持ってきた奴《やつ》の顔、覚えてるかい？」

「あ……はい。結構年齢《けっこうねんれい》のいってる人で、でも身体《からだ》は鍛《きた》えられてて……」

「んンー……そんなの騎士団《きしだん》には幾《いく》らでもいるからなァ」

「髪《かみ》を一つに結んでて……あ、あと、左のこめかみの辺りに、傷《きず》みたいなものが」

「あン？」

在紗は息を呑《の》んだ。一瞬《いっしゅん》、三谷原の目が鋭《するど》くなった気がする。

しかし在紗の瞬《まばた》きとともに三谷原の表情は普段《ふだん》の頼《たよ》りないそれに戻っていた。小さく放念しながら、返す。

「知ってる……人ですか？」

「……さあてねェ」

と、そんな三谷原の言葉を最後に、在紗は会話を切った。

こういった反応《はんのう》を始めた三谷原から新たな情報《じょうほう》を聞き出すことが不可能《ふかのう》に近いことを在紗が知っていたのもあるし、刹那《せつな》の間顔を覗《のぞ》かせた彼女の知らない三谷原の表情に、これ以上この話題を続ける気を削《そ》がれたというのもある。

しかし在紗が話を中断《ちゅうだん》したもっとも大きな理由は、後方のベッドが小さく軋《きし》む音を聞いたことだった。

「――ねえさま？」

振《ふ》り向くと、まだ身を起こすには至《いた》っていないものの、微かに目を開けた駆真が、小さく口を動かしているのが分かった。

「大丈夫《だいじょうぶ》？　ねえさま」

慌てて駆真のそばに駆《か》け寄《よ》る。駆真は眼球《がんきゅう》を巡《めぐ》らせて在紗の姿《すがた》を認《みと》めると、安心したかのように表情を緩《ゆる》めた。

「ああ——在紗、無事……だった？」

「うん、ねえさまが守ってくれたから」

駆真は少し頬《ほお》を染《そ》めてから、柔《やわ》らかく微笑《ほほえ》んだ。

「——よかった。……あ……、そうだ……。——に、——」

「え？　何……？」

軽く咳払《せきばら》いをしてから、駆真があとを続ける。

「……お願い。担任《たんにん》の……安倉先生に、訊いて……」

「……何を？」

駆真は、至極真面目《しごくまじめ》な顔で答えた。

「授業参観《じゆぎよう》は延期《えんき》ですよね、って……」

Final-Case

ねえさまはみんなの人気者です。

果たして後日、皓成大学付属小学校《こうせいだいがくふぞくしょうがっこう》の授業参観《じゅぎょうさんかん》は執《と》り行われる運びとなった。

まだ校舎《こうしゃ》の修繕《しゅうぜん》作業は続いていたのだけれど、駆真《かるま》を初めとする保護者たちの熱烈《ねつれつ》な希望もあって、事件からちょうど三週間目を数える今日、国語と総合科目の参観が行われることになったのだ。

六年三組の生徒たちも、一人とてつもなく嫌《いや》そうな顔をした女子生徒を除《のぞ》いては概《おおむ》ねそれを楽しみにしていたようであった。鷹崎在紗《たかさきありさ》もその内の一人なのだろう。いつもよりも一時間は早く起床《きしょう》し（昨夜は寝《ね》るのが遅《おそ》かったのに、だ）、念入りにその白い髪《かみ》を梳《す》き、準備を万端《ばんたん》に整えていた。

もっとも鷹崎駆真の入れ込みようは在紗のそれと比較《ひかく》にならないほど強力である。在紗が就寝《しゅうしん》したあともシャンプーとコンディショナーを繰《く》り返し髪に叩《たた》きつけ、サキから教わったナチュラルメイクを何度も実験し、嗅覚《きゅうかく》が麻痺《まひ》しかけるほど慎重《しんちょう》に香水《こうすい》を選定《せんてい》し、昨日クリーニングから返ってきたばかりのブルーのスーツにさらにアイロンをかけ、それらを全《すべ》て装着《そうちゃく》してから鏡の前で幾度《いくど》も幾度もポーズを決めていた。

もっとも、そのおかげで彼女の睡眠《すいみん》時間は削《けず》り削られ、目元の隈《くま》をファンデーションで隠蔽《いんぺい》するという工作が必要になってしまったのだけれど。

無論《むろん》、騎士団《きしだん》の任務が入らぬよう、参観の日取りが決まった日から綿密《めんみつ》に根回しを行っている。そして念のためインカムと携帯《けいたい》電話の電源を切り固定電話の電話線を抜《ぬ》き、たとえ緊急《きんきゆう》任務の通信が入ろうともそれを受け取れない状況《じようきよう》を構築《こうちく》していた。さして意味がないことは分かっていたが、ポストの口さえガムテープで塞《ふさ》いである。

まさに、準備は限りなく万全《ばんぜん》に近い。万全と断定しないのが駆真の慎重さであり、それゆえに準備は万全となった。

——だが駆真は授業参観に気を取られるあまり、失念《しつねん》していたのかも知れない。

つい数週間前に、億分の一の確率にも満たないような事件群に巻き込まれたことを。

「よし」

駆真は洗面所に設《しつら》えられた姿見の前で小さく拳《こぶし》を握《にぎ》った。彼女の姿容は今、頭頂から爪《つま》先《さき》まで完璧《かんぺき》に整えられている。中でも、華《はな》やかながら派手《はで》になりすぎない程度に化粧《けしよう》を施《ほどこ》された貌《かお》は、密かな自信作であった。一晩に及《およ》ぶ格闘《かくとう》の末、ようやく納得《なつとく》のいく出来に仕上がったのだ。

授業参観自体は午後からであるので、少々準備が早すぎる気がしないでもないが、今日は保護者のために空き教室が開放されているという話だ。どうせなら少し早めに学校に赴《おもむ》き、この機会に在紗の同級生のお母様方と親睦《しんぼく》を深めておこうという狙《ねら》いがあった。

と、

「ねえさま」

駆真が達成感を嚙《か》みしめていると、背後《はいご》からそんな声が聞こえてきた。

振《ふ》り向くと、そこには既《すで》に着替《きが》えを済ませた在紗が鞄《かばん》を背負って立っていた。ふと時計を見ると時刻はもう七時三十分。駆真はともかく在紗はそろそろ家を出ねばならない時間だった。

「そろそろ……学校、行ってくる」

「あ、うん。御飯《ごはん》はちゃんと食べた？」

「……うん」

と、駆真はそこで在紗の様子がおかしいのに気づいた。両手を後ろに回し、少し恥《は》ずかしそうに俯《うつむ》いている。何より登校の準備が整っているはずなのに、何故《なぜ》か洗面所の入り口から去ろうとしなかった。

「……？　どうしたの、在紗」

駆真が尋《たず》ねると、在紗はちらりと目線を上げると、小さな声で言った。

「ん……少し、前屈《まえかが》みになって、目を瞑《つぶ》ってて」

「こう……？」

在紗の行動を不思議に思いながらも、駆真は言われるままに背を丸め、目を閉じた。数《すう》瞬《しゅん》おいて、首にひんやりとした金属の感触《かんしょく》が現れる。

「——ッ、在紗？」

「……ん、もう、いいよ」

目を開け、下方を見やるが、自分の首など見えるはずもなかった。駆真は近くにあった鏡を自分に向け、それを確認《かくにん》した。

「あ——」

息を呑《の》む。白い首元を、天使が飾《かざ》っていた。

「在紗、どうしたの、これ……」

その銀色のネックレスを示しながら、在紗に問う。そのしっかりとした銀の重さと細かな意匠《いしょう》は、百苑《えん》や二百苑で買えるような玩具《がんぐ》のそれではない。

「……ねえさま、アクセサリーとか、買わないから。どうかなと思って……」

「う、うん、すごい嬉《うれ》しいけど……高かったんじゃないの……？」

「ん……よく分からないけど、この前、騎士団の人が二万苑もお金をくれて……三谷原《みやはら》さんに相談したら、ねえさまに何かプレゼントしたらどうかって……」

「…………?」

駆真は首をひねり、後日三谷原に事情を聞いてみようと決めた。

「ま……いいか。ありがとう、在紗」

「……うん」

少し頬《ほお》を染《そ》め、在紗がうなずく。

駆真は情けない笑《え》みの形に歪《ゆが》もうとする口元をどうにか抑《おさ》え込みつつ、在紗の肩《かた》を指先で軽く叩いた。

「さ、そろそろ行かないと、遅刻《ちこく》しちゃうよ」

「ん、うん」

在紗が後ろを向き、廊下《ろうか》を歩いていく。駆真は見送りのためにその背を追った。

と、リビングの入り口に差し掛《か》かったとき。

「…………な」

駆真は、美しく飾られたはずの貌を当惑《とうわく》と――冷たい怒《いか》りに染めた。

理由は簡単なものである。

「あア、ああ、神様ア、その節はどーもォ。あノときは出しテモらって助かりマシたア」

「いえいえ」「あなたも」「地力でわたくしたちの元に」「辿《たど》り着いたではありませんの」

「え、ええと、あなた方神様なんですか？　も、もしかして魔王《まおう》より強いですか……？」

そんな会話をする集団が、いつの間にか鷹崎家のリビングのテーブルを囲うようにして座《すわ》っていたからだ。

駆真は在紗を自分の背に隠《かく》すようにしてから、両目をつり上げた。

「……貴様ら、何をしている」

そんな苦々しい声に反応するように、彼女らが一斉《いっせい》に駆真の方を向いた。右からウタ、地宮院《ちぐういん》姉妹《しまい》、アステナという並びでソファに腰掛けている。天由良《あまゆら》と霊由良《たまゆら》に至っては、どこから出したのか瀟洒《しょうしゃ》なカップで紅茶まで飲んでいた。

「おおォ、マぁスター。いや、ナニって、マぁスターの願いを叶《かな》エるノガ魔人の仕事じゃアないでスカあ」

頭から生えた釘《くぎ》の先端《せんたん》をぺかぺか明滅《めいめつ》させながら、こともなげに言うウタ。よく見ると彼女の尾《び》てい骨の辺りからケーブルが生え、背後にある電源プラグに差し込まれていた。

「何を勝手に充電しているんだ、貴様」

「ジューデン？　あはハ、嫌《いや》だナあ、ワタクシがそんな機械みたイナ真似《まね》するはずナいじゃナイデすかア」

「…………」

駆真が無言で頭を抱《かか》えていると、ウタに続いて、地宮院姉妹が口を開く。

「さて、鷹崎駆真さん。あなたはもう第二十位の神ですのよ」

「つきましては、まず神の称号《しょうごう》の持つ意味について説明しようと思うのですけれど」

次いでアステナに目をやる。すると、彼女は机をどんと叩《たた》いて立ち上がった。

「あ、あの怪物《かいぶつ》をやっつけたら魔王を倒《たお》してくれるって約束したじゃないですか！　わ、忘れたとは言わせませんよ……ッ！」

「……ち」

駆真は忌々《いまいま》しげにリビングに陣取《じんど》った来訪者たちを睨《ね》め付け、小さく舌打ちする。

そしてすぐさま在紗の手を引くと、廊下を走り階段を駆《か》け上がった。そのまま自室に滑《すべ》り込み、ドアに鍵《かぎ》をかける。

「ね、ねえさま？」

「気が変わったわ、在紗。今日は一緒《いっしょ》に学校行こう」

言いながら駆真は、部屋の隅《すみ》に置かれていた巨大《きょだい》なジュラルミンケースを開けた。中には緩衝材《かんしょうざい》にくるまれた駆真の愛機・マーケルハウツ式天駆機関《てんくきかん》が収まっている。普段《ふだん》は他の天駆機関と同じように、騎士団本部の格納庫《かくのうこ》に保管してあるのだが、自分で細かな調整を施《ほどこ》したいときなどはこうして自宅に持ち帰ってくることがあった。

慣れた調子でそれを両手両足に装着していく。と、廊下の方からバタバタという足音が聞こえてきたかと思うと、扉《とびら》が荒《あら》っぽくドンドンとノックされた。

『カ、カルマ様……っ！　約束破ろうったってそうはいきませんよ……！　ちゃんと魔王を倒してもらいますからねッ……！』

どうやらアステナらしい。駆真は不機嫌《ふきげん》そうな眼差《まなざ》しをドアに送ってから、甲冑《かっちゅう》を纏《まと》った手で部屋の窓を開けた。

「行くよ、在紗」

「え——」

きょとんとする在紗の身体《からだ》を抱え上げ、駆真は二階の窓から空へ飛び立った。そのまま数メートル空を歩き、体勢を整える。少し時間は早いが、このまま彼女らを無視して小学校に向かってしまおうという魂胆《こんたん》だった。

だが——

「……あ、ああっ！　カルマ様ッ、なんでそんなところからッ？」

「——ちッ」

どうやら廊下の窓から発見されてしまったらしい。駆真は在紗に「ちゃんと摑《つか》まっててね」と柔《やわ》らかい声で言うと、天駆機関を〈翔《ソア》〉駆動《くどう》させた。

「カ、カルマ様、お待ちをぉぉぉッ！」

もちろん待つ気などはない。在紗を抱えながらの飛行のため、作戦行動時のようなスピードは出せないものの、滑《なめ》らかに青空を進んでいく。

「悪いが貴様に構っている暇《ひま》はない。大人しくレーベンシュアイツに帰れ」

だがアステナも、それで諦《あきら》める気はないらしい。精霊《せいれい》を集め、身体を浮遊《ふゆう》させて駆真と在紗を追ってくる。

「ま、待ってくださぁぁぁい！」

「待つものか」

「お、お願いしますよぉぉ！」

「聞く耳持たん」

「あらあら、お話くらい」「聞いて上げればよろしいではありませんの」

「…………何？」

アステナとの言葉の応酬《おうしゅう》の最中耳に入った涼《すず》しげな声に、駆真は眉《まゆ》をひそめた。

それなりの速度で飛行しているはずの駆真のすぐ横に、いつの間にか双子《ふたご》の大地神が飛んでいた。

「……なんでこんなところに」

「だってあなたが」「逃《に》げてしまうんですもの」

うふふ、と笑い合う姉妹に、頬の筋肉が痙攣《けいれん》を始める。

しかも。

「……マぁスター…………！」

アステナの後方から、盲目《もうもく》の魔人までもが猛《もう》スピードで走ってくるではないか。

「……何でオマエまでッ」

ぴく、ぴく。駆真の額《ひたい》に血管が浮《う》き上がる。

「どうしてどいつもこいつも……」

「ね……ねえさま？」

「――私の邪魔《じゃま》ばかりするんだぁぁッ！」

異界に召還《しょうかん》されし勇者であり、魔人の主《あるじ》であり、神の称号すら持つ少女の悲痛《ひつう》な叫《さけ》びが、
蒼穹園《そうきゅうえん》の青空にこだました。

END

あとがき

　はじめまして。このたび第二十回ファンタジア長編小説大賞で準入選をいただきました、橘公司と申します。

　ちなみに「こうじ」じゃありません。「こうし」です。何度言っても間違えられます。ナカジマと呼ばれるナカシマさんの気分です。同じ悩みを抱えた公司とナカシマさんはいつしか固い絆《きずな》で結ばれます。そして誓うのです。自分の名前を読み間違えた人間への復讐《ふくしゅう》を。同志はどんどん集まるでしょう。フカザワと呼ばれるフカサワさん。ヤマザキと呼ばれるヤマサキさん。アンチ濁点《だくてん》同盟の結成です。濁点をなくせ！　濁点を殺せ！　我らに濁り無き世界を！　その勢いは凄《すさ》まじいものでした。いつしか言語学者や音声学者なども取り込み、完全に濁音のない言語とその発音で構成された新生日本語が作られました。もうその頃《ころ》には、東日本はほぼ制圧状態です。会話の中で濁音を出そうものなら裁判なしで投獄されてしまいます。某ゲームの原始時代編に至っては、主人公の名前つけようとした瞬間にお縄です。そしてついに、衆議院にて国定教科書及び国語辞書からの濁点完全放逐《ほうちく》法案が可決されました。我らは勝利を掴《つか》み取ったのです。同盟最初期のメンバーであるナカシマさんとフカサワさんとヤマサキさんは涙を流して喜び合いました。と、そこで公司はこう言いました。「そういや私の名前ってタチバナコウシなんですよね。タチハナってなんか格好悪いからやめません？」公司は殺されました。

怖いですね。人の名前はちゃんと読もうと思った公司です。

さて、『蒼穹《そうきゅう》のカルマ』、いかがでしたでしょうか。

あれ？　まだ読んでらっしゃらない？　まあ最初にあとがきから読んでしまう人って結構いらっしゃると思うので（はい、私もです）、極度のネタバレは無しの方向でいきましょう。

この話、一言で言うとごった煮です。もしくは寄せ鍋《なべ》。多分読んでくだされば分かると思います。相当具だくさんです。カニと鱈《たら》と鶏肉が全部入ってる感じです。私は全部好きなので嬉《うれ》しいです。鍋の季節ですよね。ちなみに鍋はスープ自体に味がついてるものよりポン酢でいただく方が好きです。お腹減りました。とりあえずガム嚙《か》みます。

原題？　記憶にありません。ガム美味《おい》しいです。

ところで、もうお気づきでしょうか。本作、タイトルが『蒼穹のカルマ 1』なのです。なんと続きが出る模様です。ありがたいです。続刊。嗚呼《ああ》、なんて甘美《かんび》な響き。それだけでもうごはん三杯はいけます。すいませんうそです。言葉だけで三杯は結構きついです。せめて海苔《のり》ください。

次巻では、今回裏方に徹してくれた騎士団にも日の目を見せてやろうかなあと思ってます。どうかお楽しみに。

さて、本作が一冊の本になるまでには、様々な方のご尽力がありました。

まず拙作を選んでくださった選考委員の先生方、そして富士見書房編集部の皆さんや下読みさん。根気よく手直しの作業に付き合ってくださった担当編集者のKさん、Hさん。ありがとうございます。あなた方の存在なしには駆真は空を飛べませんでした。

駆真たちに素敵すぎる姿容を与えてくださった森沢晴行《もりさわはるゆき》さん。駆真の最初のラフデザイン、なんと十三種。しかもフルカラー。公司の中で超人認定されました。

そして最初期からの読者である友人の毬、キノ、ラムセス二世。ツマラン作品をずっと読んでくれてありがとう。

そして今この本を手にとってくださっているあなたへ、ありがとうございます。

人間誰しも、暇で暇でしかたないとき、ありますよね。そんな時間を、駆真たちがほんのちょっとでも楽しく出来れば幸いです。

では、運が良ければまたお会いしましょう。

橘　公司

http://close.h-doing.com/

解説

富士見ファンタジア文庫編集部

えッ、もう始まっているの？　あーコホン。あのー、本当に解説書かなきゃ駄目ですか？　解説から読む読者がこれを読んで、あのことがネタバレしちゃうとマズイのではないでしょうか……。え、ネタバレしないように書け？　うーん。頑張ってみます。

人を襲う空獣《エア》の脅威《きょうい》に対抗するための組織〈蒼穹園騎士団《そうきゅうえんきしだん》〉には、カリスマ的人気を誇《ほこ》る一人の女騎士がいた。空を舞う鎧――天駆機関《てんくきかん》を身にまとい、空を駆け、空獣《エア》を一人で殲滅《せんめつ》する最強の騎士・鷹崎駆真《たかさきかるま》。与えられた任務を淡々とこなす彼女が、ある日、大切な約束のために、上官からの任務を拒否《きょひ》!?　怒り狂う上官を前に駆真は任務を不承不承《ふしょうぶしょう》ながら受け、強引な方法で早急に片づけるのだが、事件はそれだけでは終わらず……。無茶な要求、困難《こんなん》な試練、何のその、鷹崎駆真は最後まであきらめず、屈《くっ》せず駆ける――。

第二〇回ファンタジア長編小説大賞準入選作『蒼穹のカルマ１』いかがでしたか？　応

募時のタイトルからガラっと変わって、あらすじと『蒼穹のカルマ１』というタイトルだけ読むと、正統派ファンタジーと思われた方もいるのではないでしょうか？　しかしながら、本作は名だたる審査委員の先生方から、伝統的なファンタジアらしい作品。良い意味で破天荒《はてんこう》であるという評価をいただいて、準入選を受賞した作品です。型破《かたやぶ》りで、テンポのよいストーリー、そしてあの美少女天才魔道士『リナ』の系譜《けいふ》を受け継ぐ最強ヒロインの物語が正統派ファンタジーだけで終わるわけがありません！「空獣《エア》」、「天駆機関」といった作りこまれた世界観。読み始めたら最後まで、一気に読ませてしまうドライブ感！　本書をすでに読まれたみなさんは、作品からほとばしる圧倒的《あっとうてき》なおもしろさに驚かれたことでしょう。

そして本作のおもしろさを支えているのは、最強ヒロインである駆真の存在です。彼女の『強さ』——それは身体的なことだけではなく、想いの強さでもあります。どんな困難な事態に陥っても、決してあきらめず前に突き進む駆真のひたむきな姿——それこそが『蒼穹のカルマ』の物語の核《かく》であると同時に最大の魅力なのです。

作品だけでなく、もう一つ驚くべきことは著者の橘 公司《たちばなこうし》は、現役の大学生でまだ二〇歳を超えたばかりだということです。これから色々な苦労や、経験をし成長していくことになる期待《きたい》の新人です。そんな若い著者の中には、まだまだ多くの駆真の物語があるようです。空獣《エア》の秘密や、今回の話で登場しなかった魅力的な登場人物たち。今後、駆真はどこまで最強に、そして暴走し、想いを貫《つらぬ》いていくのか。もちろんそれらの物語は、受け手である読者の応援がなければ紡《つむ》がれることはできません。本書を購入していただき、読まれたみなさまの応援が届くことこそが次の作品を書き続けられる原動力となるのです。未来の大作家を育てるのは、もしかしたらあなたのファンレターかもしれません。駆真の強さと勢いに負けない力強い想いがこもった感想をお待ちしております。

ファンレターの宛先は左記になります。

〒一〇二―八一四四
東京都千代田区富士見一―十二―十四
富士見書房　富士見ファンタジア文庫編集部　気付
橘公司（様）
森沢晴行（様）

富士見ファンタジア文庫

蒼穹《そうきゆう》のカルマ1

平成21年1月25日　初版発行

著者——橘《たちばな》　公司《こうし》

発行者——山下直久

発行所——富士見書房
〒102-8144
東京都千代田区富士見1-12-14
http://www.fujimishobo.co.jp
電話　営業　03(3238)8702
　　　編集　03(3238)8585

印刷所——旭印刷
製本所——本間製本

ISBN978-4-8291-3372-9 C0193

ファンタジア大賞作品募集中！

大賞賞金300万円!

**きみにしか書けない「物語」で、
今までにないドキドキを「読者」へ。
新しい地平の向こうへ挑戦していく、
勇気ある才能をファンタジアは待っています！**

第15回出身
雨木シュウスケ　イラスト：深遊（鋼殻のレギオス）

大賞	300万円
金賞	50万円
銀賞	30万円
読者賞	20万円

［募集作品］
十代の読者を対象とした広義のエンタテインメント作品。ジャンルは不問です。未発表のオリジナル作品に限ります。短編集、未完の作品、既成の作品の設定をそのまま使用した作品は、選考対象外となります。また他の賞との重複応募もご遠慮ください。

［原稿枚数］
40字×40行換算で60〜100枚

［応募先］
〒102-8144
東京都千代田区富士見1-12-14
富士見書房「ファンタジア大賞」係

締切は毎年
8月31日
（当日消印有効）

選考過程＆受賞作速報は
ドラゴンマガジン＆富士見書房
HPをチェック！
http://www.fujimishobo.co.jp/